CAMILLE SELDEN

En Route

PARIS   CALMANN LÉVY ÉDITEUR

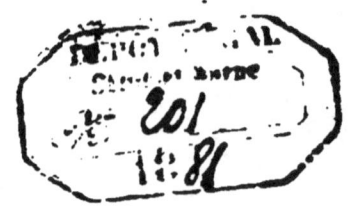

EN ROUTE

COULOMMIERS. — IMPRIMERIE PAUL BRODARD.

EN ROUTE

PAR

CAMILLE SELDEN

C · L

PARIS

CALMANN LÉVY, ÉDITEUR

ANCIENNE MAISON MICHEL LÉVY FRÈRES

3, RUE AUBER, 3

—

1881

A

G. CALDERONI

Camille Selden

AVANT-PROPOS

Il y a cinq ou six ans, le hasard amenait un étranger à Pérouse, à la porte du palais de l'Université. Cette Université, l'une des plus anciennes de l'Italie, est soutenue par la municipalité seule et tire de là son surnom d'Université libre. Le voyageur en question, qui était affaibli par les fièvres, se sentit incapable d'aller plus loin. De braves gens qu'il ne connaissait point la veille, gardiens des trésors archéologiques qui remplissent les vastes salles du palais et font de lui l'un des musées les plus intéressants de l'Europe, parurent effrayés de l'expression de douleur répandue sur le visage pâle du voyageur. Craignant qu'il ne mourût en route, faute de soins, ils lui proposèrent un gîte dans un petit appartement dépendant de leur demeure. Il y passa un an, soigné, choyé, dorloté comme s'il était de la maison. Cette année-là, malgré de grandes souffrances, fut certainement la meilleure de celles dont il se souvienne. Le voyageur vivait entouré de soins affectueux, environné de belles choses curieuses et rares. Quelques marches le conduisaient à l'église, convertie en musée, vis-à-vis des plus belles toiles du Pérugin, ou bien dans la galerie remplie de tombes étrusques qui mène au jardin, un jardin plein d'ombre, de silence, de recueillement intime. Parfois, des rires résonnaient sous les plafonds voûtés de la chambrette. Le docteur, son cours achevé, montait,   .

accompagné d'un sien ami qui professait les
mathématiques. Cet ami en amenait d'autres.
Calderoni, le brillant jeune recteur du collège
de la *Sapienza*, le peintre Moretti, ce Pérugin
de la peinture sur verre, apportaient au malade
l'aumône de leur doux parler, les saillies de
leur esprit vif et souple, le rayonnement de leurs
belles physionomies mobiles. Un soir, le petit
salon, transformé en serre, réunissait une dernière fois les trois amis autour de l'étranger
qui, la veille du départ, avait voulu leur laisser
le souvenir d'une heure joyeuse. Le lendemain,
le voyageur reprit, le cœur serré, la route qui
devait le ramener à la solitude. Chemin faisant, il nota ce qu'il avait vu et pensé pendant
son pèlerinage. Le livre que voici est la collection de ces pages éparses. Il peint, comme
son titre l'indique, quelques épisodes de vie
errante, de vie employée à sauver les épaves
d'un grand naufrage. C'est dire qu'il se com-

pose de morceaux découpés, de fragments souvent dépourvus de liaison apparente. Parfois même, l'imagination seule vagabonde; la course, interrompue par le sommeil ou par la fatigue, continue dans la fantaisie et dans le rêve. C'est ce dont il fallait prévenir le lecteur.

CAMILLE SELDEN.

EN ROUTE

..... Del bel paese là, dove
il si suona.

DANTE, *Inf.*, canto XXXIII.

I

LE VOYAGE

Décembre.

Du froid, du vent, de la neige, des angoisses, des tristesses et de la fièvre. Retrouverai-je là-bas le calme, la santé et le soleil? La pauvre vieille servante! Comme elle pleurait, au moment des adieux! Depuis quinze jours, pour la consoler, je ne cesse de répéter la même plaisanterie stupide : « Sois tranquille, je m'en vais revenir bien portante et riche. Je quitte Paris pour aller épouser le prince Parmesano Macaroni, qui a quatre-vingts ans et huit cent mille livres de rente. » Une scie d'atelier, et des plus

bêtes. C'est ce que j'ai trouvé de plus fort pour
le quart d'heure.

En wagon, rencontre d'une dame avec qui
je fais route jusqu'à Dijon. Quand je dis dame...
La figure faussement jeunette, l'air lamentable, tout en elle fait songer aux fruits qui des-
sèchent sans mûrir et, vus de loin, semblent
encore promettre quelque chose quand l'intérieur est vide. De grands frais de politesse, des
sourires continuels. Elle voyage accompagnée
d'un paquet informe qui bouge de temps à autre.
S'apercevant que je contemple le paquet, elle
me regarde d'un air suppliant et pathétique.
« Madame, me dit-elle, veuillez fermer les yeux
sur la présence de Fido. Il est habitué à de
grands ménagements et deviendrait fou s'il lui
fallait monter dans le compartiment réservé à
ses pareils. » L'ayant assurée que j'étais incapable de trahir Fido et ayant même réussi à m'attirer la sympathie de cet intéressant quadrupède
par un morceau de blanc de poulet, la maîtresse
du chien me regarde d'un air pénétré et s'écrie :

— Que vous êtes bonne, madame !

« Que vous êtes bonne! » Qu'ai-je donc fait
pour m'entendre répéter vingt fois par jour la
même phrase?

Donné le blanc de poulet, c'est-à-dire la
bonté, mon inconnue juge que je suis propre
à remplir les fonctions de déversoir. Elle ne
m'épargne guère ses confidences. Bien entendu,
ces confidences sont faites pour son agrément
personnel et formulées de façon à ne rien m'apprendre. Au reste, rien qu'à la voir, on devine
ce qu'elle va dire. Des plaintes sur l'ingratitude
du genre humain, sur l'injustice du sort. Je
traduis en style suranné, le seul applicable ici.
« La nature, en me douant d'un cœur sensible,
m'a refusé le don de plaire, ce qui prouve une
fois de plus l'aveuglement des hommes, qui pré-
fèrent un beau visage à une belle âme, et la
cruauté du destin, qui la condamne au veuvage
parce qu'elle se présente sous des dehors mo-
destes. »

Bref, la vieille rengaine. Les réclamations,

les larmes qui découlent de l'insignifiance et de
la laideur. C'est triste ; mais qu'y faire ? Et pourquoi êtes-vous laide, mademoiselle ? Et puis,
quand vous seriez belle ? Je l'ai été, moi. A
quoi cela m'a-t-il servi ? A quoi cela m'a servi ?
Peut-être à beaucoup souffrir sans me croire le
droit de me plaindre, peut-être à éprouver le
besoin de partager mon blanc de poulet avec
l'animal inintelligent qui le guigne d'un œil
avide, peut-être à paraître bonne quand je
ne suis qu'indifférente, peut-être à rien. Je
me rappellerai toujours certaine histoire qui
bien souvent s'est renouvelée pour moi sous
une autre forme. J'avais douze ans ; je me
promenais avec ma gouvernante sur les boulevards reverdis par le printemps. Une bouquetière m'offrit ses roses, des miniatures de
roses cent feuilles pour le parfum et pour la
forme. J'allais en prendre une, quand, apercevant un mendiant, je lui donnai les dix sous
destinés à l'achat de la rose. Des roses ? Qu
songerait à en acheter devant un pauvre ? Néan-

moins les gens du peuple, comme les enfants, sont très portés à s'exagérer l'importance de toute action, bonne ou mauvaise. La bouquetière, une grosse mère, dut voir quelque chose d'extraordinaire dans la mienne, car elle voulut m'en récompenser par le don de la rose. Je résistai, elle supplia. « Pauvre cher petit cœur, elle est moins mignonne que vous, » disait-elle.

« Mignonne. » Un joli mot. Pour moi, il résume toutes les gâteries dont mon passé est plein. Mon inconnue n'a jamais dû être gâtée. Dès Fontainebleau, elle m'avoue qu'elle raffole de George Sand; qu'elle aime aussi beaucoup un livre intitulé *les Enchantements de Prudence*, et publié sous le pseudonyme de madame de Saman. Je n'ai point lu le livre; mais, si j'entends bien, c'est le roman d'une vieille pécheresse qui, ne pouvant plus pécher. se console en faisant l'apologie du péché. N'importe, comme cela sent son bon vieux temps! Péchons, j'y consens, et même j'irai jusqu'à dire que rien n'est plus agréable. Mais, de grâce, péchons sans phrases. En fait de péché, la rhétorique gâte tout.

Enfin la voilà partie, me comblant de ses bénédictions pour l'avenir. Qui sait? espérons. Mais pourquoi suis-je superstitieuse quand, dans le fond, je crois à peine en moi-même? Passons. Il y a beaucoup de choses ignorées entre le ciel et la terre, disait Hamlet, prince de Danemark.

Je voudrais bien avoir son manteau, pour m'envelopper, ou sa compagnie pour me distraire. Quelle nuit froide et noire! De la neige, de la glace, des montagnes, des abîmes; puis, quand les nuages s'écartent, une lune pâle, des paysages désolés et mornes. Le vide, le deuil partout.

Franchement, cela débute tristement. Mais, après tout, pourquoi suis-je partie? Pourquoi suis-je seule ici dans ce wagon, où je tourne au bloc de glace, tandis que je pourrais dormir chaudement dans le bon lit où je dormais encore hier?

L'amour-propre, l'amour-propre, et encore l'amour-propre. Un mot, un soupir, un aveu, et mes amis, affligés de mon départ, me disaient : « Reste ! » Ce mot, je ne l'ai point dit. Et pourquoi ?

A quoi bon chercher ? et, les faits donnés, qu'importe quel nom on leur donne ?

Assez de bavardage ; l'important est de se dire : Ces faits et ce caractère donnés, qu'en puis-je tirer ? La vie est-elle un creuset destiné à nous former, ou bien à nous déformer ?

Récapitulons la mienne, à vol d'oiseau. Une origine incertaine ; une mère qui meurt en me mettant au monde ; une autre mère, la meilleure et la plus tendre. Elle m'adopte et m'élève dans l'espoir de me faire heureuse et riche ; elle meurt en me laissant abandonnée et pauvre. Des luttes continuelles : la conscience d'un grand talent annulé par le manque de forces et le manque de pain. Des amis qui m'aiment et ne peuvent rien pour moi. Un Dieu en qui je voudrais croire et qui me refuse le don de la

1.

foi. Un pays que j'aime et qui n'est probablement pas le mien... « Quel avantage d'être dépourvu de famille, quand on ignore l'art de s'en
servir ! » dirait André. Un mot, quand un ser-
rement de main eût pansé toutes les plaies anciennes et nouvelles... Mais où est l'enseignement
que je cherche, et qu'ai-je appris à cette école?

... Si j'en juge par les remparts de glace qui
se dressent devant ma vue, comme par le froid
intense qui pénètre dans le wagon, nous de-
vons approcher du mont Cenis. Un arrêt. Du
blanc, du noir parsemé de feux rouges et de
·clartés vacillantes. Un décor de féerie dans lequel je crois voir voltiger des chauves-souris
et des diables.

Me voici donc en Italie. L'Italie, la patrie du
premier homme qui m'a aimée et que j'ai
aimé. Voilà·bien des années qu'il est mort ;
mais, ce matin, je le sens comme revivre en
moi-même et autour de moi. Quelle ivresse
singulière ! Est-ce l'Italie que j'aimai en lui?
Est-ce lui que j'aime encore sur le sol où

ses cendres reposent ? Qu'importe ? Il me semble que le mort ressuscite pour me tendre les bras et m'ouvrir la porte du ciel. Ce ciel ne ressemble pas aux autres cieux. Ici, plus d'ombres, plus de fantômes, plus de brumes, plus de féeries, plus de diables. Que ce paysage est beau ! Les montagnes recouvertes de neige se détachent comme des draperies d'argent sur un horizon rose, et la locomotive qui glisse dans l'air limpide me fait songer à quelque monstre informe qui m'emporterait vers le pays de la fantaisie à travers des espaces hérissés de rochers et semés d'abîmes...

Comme compagnons de route, une blonde qui a des yeux bleus, et un vieux prêtre. Une blonde aux yeux bleus doit entendre le français, si elle n'est Française.

— Madame, je ne sais pas l'italien. Veuillez me dire...

Haussement d'épaules. Quoi ! si près de la France, et déjà plus de France ?...

Le prêtre se dévoue.

— Vous connaissez Paris, monsieur l'abbé ?

— Madame, j'y ai passé trois jours, pour affaires...

Silence. Arrivé à la gare de Turin, le vieux
prêtre m'accompagne au bureau des bagages et
s'assure que tout est en règle. Je monte en voiture.

— Madame, si vous avez besoin de moi, voici
mon nom et l'adresse du couvent que j'habite.

Là-dessus, le prêtre s'incline et s'éloigne.

... Une remarque, avant de poursuivre. Si
jamais quelqu'un s'avise de lire ce journal ou
plutôt cette rapsodie, qu'il se garde de for-
muler un jugement sur l'Italie d'après ce que
j'en pourrai voir ou décrire. Je me connais :
j'y verrai peut-être des choses qui n'y sont pas,
et je passerai sans les voir auprès de celles que
tout le monde regarde.

Par exemple, Turin, par ce beau soleil, me
fait songer à une vieille estampe du xviiie siècle.
De grands espaces, de nobles palais, des rues
à arcades sous lesquelles des marchands en

plein vent vendent de vieux vilains bouquins
qui sentent le moisi et de belles fleurs fraîches
qui rappellent les jours de printemps et de
bonheur. Plus loin, sur une vaste place, des
charlatans, des montreurs d'ours, des faiseurs
de tours, et les beaux bambins qui rient à gorge
déployée dans les bras de leurs superbes nourrices et dévorent, de leurs yeux ardents comme
des diamants noirs, les sautillements inquiets
des pauvres petits singes qui gambadent sur la
calèche du dentiste, ou chevauchent, vêtus
comme des chambellans d'antan, sur le dos
des vertueux caniches dressés à leur servir de
monture. C'est pittoresque. *Italia! L'Elisire
d'Amore!* L'air que je respire en est plein, et
le cœur froissé, brisé, foulé par l'usure des
nerfs et par l'essai infructueux du bonheur, je
me surprends à sourire au souvenir de mes
rêves de jeune fille.

Ces rêves, ils n'ont jamais été bien candides.
Un hôtel de la place Royale, un salon décoré
par Lancret ou par Pater, des mouches, de la

poudre à la maréchale, des cigarettes à l'essence de rose pour remplacer le tabac d'Espagne démodé, et, par-dessus le marché, par-dessus-tout, un causeur spirituel, le philosophe attitré et intime, l'ami de la maison, enfin le désabusé, le paradoxeur quelconque qu'on nomme, suivant l'époque et le lieu, Diderot, d'Alembert ou... André...

Comme tout ici fait songer à Jean-Jacques recevant les touchants enseignements de l'ingénue madame de Warens, ou s'agenouillant aux pieds de la charmante madame Basile! On doit encore, en ces parages, pouvoir *chanter la romance*, même au besoin avec accompagnement de guitare, ou pouvoir dire : « Je vous aime, » sans provoquer un éclat de rire. *Io t'amo*, cela sonne bien, il faut en convenir. A l'hôtel, mes fenêtres donnent sur un mur peint en fresque. Le tableau représente une scène de famille. Le mari, un beau monsieur à moustaches, et doué, comme la plupart de ses compatriotes, d'un embonpoint raisonnable, enlace, sentimentalement accoudé sur la rampe d'un balcon, la taille d'une jolie femme élancée et brune. Un peu en arrière, un petit garçon habillé en lycéen contemple ses parents d'un air gouailleur et semble dire : « A quand mon tour ? »

II

Fort jeune, je rêvais souvent d'une statue, une admirable statue qui représentait une femme endormie. Les détails de ce rêve étaient bizarres. Dans des jardins superbes, parmi des fontaines jaillissantes, une nuit radieuse me réunissait à d'autres jeunes gens sur la balustrade d'une terrasse d'où le regard dominait un horizon immense. A un moment donné, nous nous dirigions vers l'antique donjon qui servait de demeure à celle que, dans les excentricités de mon rêve, nous avions surnommée la *femme de pierre*. Ses formes à la fois colossales et divines semblaient reposer au fond d'une ouverture taillée en ogive. Toutefois, à notre approche, la belle statue paraissait sortir de son assoupissement. Les traits perdaient leur immobilité, le regard devenait vivant. Mollement, les beaux bras se soulevaient sous les draperies de la tunique ; puis, comme portée par des mains invisibles, la noble figure quittait son cadre sculpté pour s'élever dans l'espace, où nos yeux, qui ne cessaient de la suivre, la regardaient planer sur le monde.

Le rêve évanoui, la belle vision se transformait en une allégorie magnifique, me montrant, comme à vol d'oiseau, toutes les beautés de la terre promise. Cette terre promise que je brûlais d'atteindre, c'était Rome. Comme je la voyais, sans la connaître, cette Rome de toutes les civilisations et de tous les âges !

Tout d'abord, sur des fonds bleus où se découpaient de merveilleux motifs d'architecture, de nobles groupes s'agitaient sur la lumière blanche des marbres. Ces hommes, majestueu-

sement drapés dans les plis de leur péplum, possédaient tous la grâce souveraine des statues par
lesquelles les plus grands artistes de l'antiquité
ont essayé de reproduire l'image des habitants
de l'Olympe. Les chars dorés qui traversaient
des arcs de pierre sculptés comme de l'ivoire,
les litières portées par des colosses brunis par
le soleil d'Afrique, contenaient des formes de
triomphateurs ou de déesses. Quelquefois, à la
lueur ardente des torches qui projetaient leurs
feux rouges entre les piliers des édifices, parmi
les lueurs bleues d'une nuit romaine, je croyais
voir passer les personnages d'une saturnale,
une bande de prêtresses vêtues de peaux de
panthères, un défilé d'hommes qui parcou-
raient les rues la tête ceinte de fleurs, et pâles
comme des ombres...

Les temples s'effondraient; les anciens au-
tels disparaissaient sous le dôme des basili-
ques chrétiennes, les vestales devenaient des
nonnes, et les prêtresses qui présidaient jadis
aux fêtes d'Adonis et de Bacchus reprenaient

un nom laïque pour officier dans les palais, comme elles officiaient autrefois dans les temples. Le même soleil continuait à éclairer une Rome où les noms seuls des dieux avaient changé. Leur culte officiellement aboli continuait à régner dans les âmes. Des hommes puissants et beaux comme ces mêmes dieux dont ils possédaient l'impassibilité sereine, des femmes dont les Phidias de l'époque se faisaient gloire de modeler la nudité superbe, célébraient les anciens rites dans des salles où l'on buvait dans des coupes d'or, tandis que les regards se posaient sur des peintures représentant les prouesses amoureuses du dieu Mars, ou l'histoire de Psyché et de l'Amour.

Quelles magnificences et quelles ivresses !

Cette Rome, comme la première, est un vaste théâtre, le théâtre d'une fête perpétuelle, dont les convives, placés sur un riche décor, déroulent leurs cavalcades, promènent leurs magnificences, secouent les grelots de leur carnaval, font scintiller les pierreries de leurs costumes

entre des balcons tendus de tapisseries rares,
sous des plafonds peints par Raphaël, à travers
l'illumination des palais resplendissants et l'ombre veloutée des jardins dont le feuillage toujours vert sous un ciel toujours bleu rappelle
les contes de l'Arioste.

L'herbe pousse dans le palais des Césars
et parmi les galeries du Colisée abandonné.
Le poison que l'on versait dans la coupe
des convives dont on avait intérêt à se dé-
faire est rentré dans l'officine où les drama-
turges populaires compilent leurs drames.
Voici une autre Rome, moins pompeuse, mais
plus aimable. On y rit davantage ; Métastase
et Goldoni ont égayé les esprits ; les jeunes
gens entrent dans l'Église sans cesser d'ap-
partenir au monde ; les despotes en robes
rouges dont les caprices, jadis, étaient des
ordres, sont devenus de beaux prélats au
sourire aimable, au regard irrésistible. Comment refuser ses faveurs à un bel homme
investi de titres au respect, un prince de

l'Église qui pousse l'humilité jusqu'à fléchir le genou devant celle qui devrait être prosternée à ses pieds et peut immédiatement lui demander l'absolution de la faute qu'il fait commettre? La religion sanctifie tout et je sais telle dame belle et pieuse qui, de peur de manquer à ses dévotions, se fait dire la messe dès l'aurore et pour elle seule, par un de ses invités, un chapelain de passage qui possède ses grandes comme ses petites entrées au Vatican et deviendra infailliblement cardinal.

Il est plusieurs manières de conquérir le ciel. Il en est aussi plusieurs de se faire bien venir des dames; par exemple, voici une belle ambassadrice qui n'est pas au courant des usages et se redresse quand vous lui faites la cour.

— Comment, madame, une femme telle que vous, ne distinguer personne! Vous n'y pensez pas, c'est commettre un péché. Hélas! je ne le comprends que trop; la faute en est à moi, votre esclave indigne. On n'a pas le bonheur de vous plaire. Mais vos charmes divins ont fait d'autres victimes. Par exemple, mon ami monsignor X... Je le recommande à votre indulgence, ne pouvant y prétendre pour moi-même.

On ignore la réponse de la dame. Mais on compte, pour l'attendrir, sur les gaietés du *veglione* et sur l'impénétrabilité du domino.

— Madame, l'éclair de votre regard vient de me foudroyer. Voulez-vous me permettre de respirer l'enivrant parfum de votre bouquet?

Et il l'entraîne au fond d'une loge où il soulève son masque. La comtesse Lucrezia ! Une mariée de la veille. C'est à n'y pas croire. Mais on ne se trouble point pour aussi peu quand on s'appelle Lucrèce. Elle rit, essaye vainement de cacher ses yeux derrière son mouchoir.

—Venez demain, en tel endroit et à telle heure. Mais surtout de la prudence; car, si la chose venait à se découvrir, mon mari en mourrait de chagrin, et je l'adore.

III

Le moment impatiemment attendu est arrivé. A huit heures du soir, le train stoppe dans une gare qui ressemble à toutes les gares. Première déception. Mon commissionnaire m'enlève ma valise au moment où je restitue mon billet à l'employé et, sans me demander mon consentement, me fourre, bon gré mal gré, entre les banquettes d'un omnibus encombré de bagages. Là, dans cette atmosphère particulière à tout ce qui se dégage de l'Angleterre, j'assiste aux gémissements d'une bonne grosse lady qui se dit à moitié morte. Deux longues miss, de leurs voix gazouillantes, s'efforcent vainement de calmer la pauvre dame.

— Songez, maman, que vous voici à Rome, cette grande Rome que tout le monde se fait gloire d'avoir visitée.

— Rome tant qu'il vous plaira. *I do'nt care ;* je donnerais volontiers toutes les Rome du monde pour coucher ce soir même dans mon lit de *Kensington Cottage.*

Aigreur de personne exténuée ; la lassitude dispose mal. Regardons le paysage. J'ouvre le *vasistas*, qu'on me prie de refermer en me montrant l'espace rempli d'une sorte de fumée blanchâtre. Il paraît que c'est la *mal'aria.* J'oubliais qu'à Rome il est défendu de s'exposer à l'air du soir. D'ailleurs, ce qu'on entrevoit n'offre rien de bien caractéristique. Une place, quelques arbres, une petite église. L'omnibus se met en marche ; puis, après un trajet de plusieurs minutes entre deux rangées de murs d'apparence moderne, débouche sur une autre place assez mal éclairée et très boueuse. Ce lieu, dont l'aspect rappelle vaguement les beautés de l'entrée de Batignolles,

fait, à ce que mon guide assure, partie du
quartier bien habité, et se nomme la place
Barberini. Dans les rues adjacentes, absence
de magasins, mais abondance de boutiques. La
charcuterie et l'épicerie sont représentées, tout
comme à Paris, par des échafaudages de boîtes
de sardines, par des piles de saucissons et des
rayons pleins de flacons de sauces anglaises.
Après Batignolles, l'étalage de Potin ; une
Rome d'*impressionnistes*. Par bonheur, l'hôtel où
je descends a bonne apparence. Je demande à
souper ; au moment de déplier ma serviette, le
garçon me propose l'achat d'un objet d'art
formé par l'assemblage de plusieurs marbres
de couleur différente, un trompe-l'œil qui représente une assiette sur laquelle deux ronds
de saucisson reposent en compagnie de deux
moitiés d'œuf dur.

Est-ce une allusion au régime que l'on va
me faire suivre ? J'ai des *poufs* de satin jaune
dans ma chambre ; mais mon lit n'est pas
moelleux, et je dors poursuivie par les tortures

d'un cauchemar pendant lequel je me promène dans des musées remplis de collections
de comestibles en marbre. Au petit jour, en
m'éveillant, je me précipite à la fenêtre, où,
sous un ciel brumeux, j'aperçois le tableau
d'une bande de balayeurs fonctionnant à travers une pluie froide. Je m'habille et je sors,
renseignée par un gardien de Rome qui semble
copié sur un garde de Paris et me mène dans
la direction du café *Greco*, ce fameux café *Greco*,
qui sert, dit-on, de lieu de rendez-vous à
tout ce qui se respecte en fait d'artistes étrangers, et pullule de personnalités intéressantes.
Eh bien, vrai, il n'y a pas là de quoi se monter
la tête, et les Praxitèle, comme les Apelles de
l'avenir, pourraient mieux choisir. L'extérieur
est pauvre, et l'intérieur répond à l'extérieur.
Un petit rez-de-chaussée d'aspèct caverneux,
des tables chargées de miettes poudreuses et
de ꞌcadavres de mouches. En fait d'individus
représentant le mouvement artistique, deux
rapins assez malpropres, devant un jeu de

dominos. Je suis tentée de m'en retourner déjeuner à l'hôtel; mais, comme je m'apprête à
battre en retraite, j'ai le malheur d'attirer l'attention d'un garçon, qui, n'ayant rien à faire,
sommeille dans un coin, et porte un tricot sale
sur une chemise à carreaux d'un rose vif.

Quand le vin est tiré, il faut le boire. Je prends
place devant celle des tables où j'aperçois le
moins de mouches, et je vais commander mon
déjeuner, quand on me sert deux œufs nageant
dans du saindoux, au fond d'une écuelle de
terre brune dont la forme n'a rien de classique.

Ici, sans doute, on n'a point le choix des
mets; il faut prendre ce qu'on trouve.

Le soir, vers six heures, je rentre gelée et
mouillée à l'hôtel, où les musiciennes du lieu
viennent d'attaquer le quadrille des *Lanciers*.
Le garçon me prévient que le *salon* se trans-
formera ce soir en salle de bal.

Ce n'est pas moi qui les ferai danser. Décidément, qu'ai-je vu dans cette première journée?
Des bandes d'étrangers, qui, sous l'abri de

leurs parapluies ouverts et l'informe fourreau de
leurs *ulsters*, ressemblaient à des mannequins
qu'on aère, grouillaient dans la boue comme
des crapauds effarés, promenaient des yeux
pâles de têtes de poupée sur des ruines lavées,
blanchies, remises à neuf, comme celles du
forum, ou sur les affiches des appartements à
louer dans les maisons à cinq étages de la
via Nazionale, une sorte d'avenue récemment
construite qui a un faux air du boulevard de
l'Hôpital et ne semble pas prête à se peupler
J'allais oublier Saint-Pierre, la basilique, qui,
dans son immensité remplie par un monde
de flâneurs cosmopolites, avec les échafaudages nécessités par la réparation des chapelles, m'a fait songer à un bâtiment en dis-
ponibilité, et m'aurait paru vide sans un long
tête-à-tête avec Julie Farnèse; Julie Farnèse,
la belle des belles, la sublime Julie Farnèse,
dont la statue couchée sur la pierre sépulcrale,
ensevelie jusqu'au cou dans l'ignoble chemise
sous laquelle Pie IX a cru devoir dissimuler

des charmes préservés de l'oubli par le ciseau
de Michel-Ange, semblait me prendre à témoin
de cet acte de vandalisme.

31 décembre.

Hier, ciel bleu jusqu'à midi, puis brouillard
suivi d'une pluie glaciale. Ce matin, ciel bleu ;
nous verrons si cela continuera. Hier soir, visite aux K...sof, maison russe. Jacques, qui ne
comprend pas que l'on aille à Rome pour débiter
des cancans et faire la cour aux demoiselles à marier, me demande si je trouve ces soirées agréables. Agréables, non. Seulement, que faire le
soir ? Je lui ai répondu par le proverbe : « Dans
le royaume des aveugles, le borgne est roi. » Je
sais que l'on rencontre des Italiens instruits.
Bon nombre ont des idées et savent causer ; et
comme, par nature, ils sont plutôt du monde
et d'un commerce agréable, on doit trouver un
certain plaisir à les cultiver. Mais ces Romains,
je me demande où ils sont et où ils vont ; je
ne connais, quant à moi, que le cercle aristo-

cratique masculin qu'on voit chez les maîtresses
de maison étrangères ; l'unique occupation de
ces jeunes gens est de stationner le long du
Corso, entre trois et cinq heures du soir, pour
voir défiler les équipages où se trouvent les
dames de leur monde, dames auxquelles les
maris n'accordent même pas, le plus souvent,
le droit de commander le dîner. Enfin, Rome
est au moyen âge ; seulement il lui manque
le pittoresque de la chose, les beaux costumes
et les belles cavalcades du temps des Borgia.
Ce fameux *Corso*, que tout le monde admire
sur la foi de sa réputation, est un peu moins
large que la rue Saint-Denis et orné de cinq ou
six vieilles boutiques d'aspect provincial. Tel
qu'il est, c'est-à-dire à peu près dépourvu de
physionomie, il possède du moins l'avantage
de rappeler la Rome connue de nos pères. Le
reste de la ville est à peu près envahi par des
fouilles dont le principal objet est de faire travailler. Ainsi le Panthéon, entouré d'une sorte
de fossé que les pluies continuelles ont rempli

d'eau, a l'air d'un château fort, retranché derrière un lac de fange. Dans ce fossé, décou-
verte curieuse, on aperçoit les anciens gradins
qui menaient au temple. D'autres fouilles amènent des découvertes tout aussi intéressantes.
D'autres fouilles encore n'amènent rien du tout.
Les galeries souterraines du Colisée ont été
mises à découvert d'un côté ; on voudrait
creuser le tout, mais on ne sait pas sur quoi on
marchera quand on aura enlevé entièrement
le sol actuel, qui était autrefois un plancher
de bois. En creusant au fond de ces galeries
souterraines, on a trouvé une eau courante
qu'on s'est mise à pomper, à raison de vingt
francs par jour ; et on pompe depuis des mois.
Enfin, on s'est souvenu que ce devait être l'eau
Felice, c'est-à-dire une source, et celle dont on
se servait pour les naumachies. Elle coulait
avant la fondation de Rome, et on voulait l'arrêter au prix de vingt francs par jour. C'est
digne de figurer dans une comédie de Labiche.

IV

... Du monde, des échoppes sur toutes les places, presque comme sur nos boulevards. Moins d'étalage toutefois dans les magasins, chez les confiseurs. En revanche, des rues encombrées par les bouquetières qui vendent des roses, des violettes, des jacinthes en bottes ou bien artistement disposées dans de jolies corbeilles d'osier à jour. Ici, il est de mode d'offrir des fleurs avec le sac de bonbons traditionnel. J'ai déjà remarqué cela à Turin, ville adorable, où les dentistes ambulants, du haut de leurs voitures, débitent encore, comme au temps de l'*Élixir d'amour*, leurs boniments sur

les places publiques entre les montreurs de
singes savants et les diseuses de bonne aventure. A Rome, moins de charlatans et plus d'acteurs. Grande affluence, dès le matin, dans les
églises, où de superbes Romaines, coiffées en
cheveux et drapées d'étoffes d'un rouge éclatant, prient agenouillées sur les dalles des
églises regorgeant de dorures.

L'après-midi, musique à Saint-Pierre, dans la
chapelle Pauline. Bien curieuse cette cérémonie
où l'un des chanoines officiants encense sépa-
rément, à l'occasion du 1er janvier, chaque
cardinal. Les *monsignori* et autres prélats romains ont seulement droit à l'encensement
par fournées de cinq ou six hommes. Ces derniers portent de grands camails de petit-gris
sur leurs robes de soie amarante, recouvertes
de dentelles magnifiques. Admirables, quelques-uns de ces prélats romains, entre autres
un jeune prêtre dont les yeux lancent des
flammes et dont les épais cheveux noirs, recouverts d'un voile de poudre, sont séparés par

une raie, absolument comme ceux d'un *gommeux* parisien de pure race.

La couleur locale déteint jusque sur les ec-
clésiastiques étrangers. Nulle gravure, nulle
description qui m'ait jamais représenté un
abbé du xviiie siècle comme cet élégant et joli
prêtre français qui, l'autre jour, à *San-Luigi
dè Francese*, faisait si gracieusement les honneurs du parloir à une dame venue pour parler
au supérieur.

En résumé, des hommes, et des hommes du
meilleur monde. Tout à l'heure, à Saint-Pierre,
un chanoine se dispose à entrer dans sa stalle.
Le marchepied est occupé par une jeune
femme qui a l'air fatigué et se lève en soupirant. Le prélat lui demande pardon de la dé-
ranger, puis, d'un geste adorable, lui fait signe
de se rasseoir Ce qui ne l'empêche pas, l'office
commencé, de se tourner vers son voisin et de
quitter son bréviaire pour faire des remarques
moqueuses sur la tournure des Anglaises at-
troupées par bandes sur le seuil de la chapelle.

A son accent, à l'ironie contenue de son sourire, on sent qu'il n'en veut pas aux héréti-
ques, mais à la nation que ceux-ci représentent.
Des *acqua caldo*, des consommateurs d'eau
tiède, tel est le sobriquet que leur donne la
femme de chambre de l'hôtel, une belle Mila-
naise aux yeux de feu et au teint brun qui déteste les Anglais, encore plus les Anglaises, et
prétend qu'ils passent leur vie à se laver. Sans
doute, nulle part l'aspect de cette nation no-
made, qui parcourt le monde escortée d'un
guide, ne paraît plus insipide. Des banalités,
des éclats de rire, ou bien des plaintes sur le
manque de confort qui règne en Italie, voilà
ce qu'on entend lorsqu'ils ouvrent la bouche.
J'allais oublier les renseignements sur les hô-
tels de Jérusalem ou de Constantinople. Le
jour, ils bourdonnent comme des mouches
autour de Saint-Pierre, ou sur les degrés du
Capitole. Le soir, ils se tassent les uns auprès
des autres à la table d'hôte, ou se mettent à
tapoter des contredanses dans le salon de l'hôtel.

Nul cri du cœur, pas un mot juste sur la
physionomie de ce pays, où le haillon olivâtre
du pifferaro forme un si splendide contraste
avec les dorures des églises et l'enivrant rayonnement du soleil ! Une griserie, pourtant, que
ce soleil lorsqu'il trace une auréole lumineuse
autour du doux visage des madones italiennes,
ou s'abaisse, pourpre comme le manteau d'un
cardinal, sur les coupoles de la ville sainte.

Aujourd'hui, sa chaleur semble enflammer
tous les regards et communiquer à chacun une
surabondance de vie animale qui déborde jusque chez les petits enfants. Je viens d'en voir
un que le jour de l'an a grisé. Il se démène
entre les bras de sa nourrice et, les montrant du
doigt, appelle tous les passants « papa ». Impossible de le faire taire. La foule égayée fait
cercle autour de lui. Passe un superbe officier
de *bersaglieri* qui s'arrête devant l'enfant et lui
fait les gros yeux : « C'est moi qui suis ton
papa ! » lui dit-il. Le bambin, qui n'a pas
vingt mois, rit aux éclats, tire la langue à l'of-

ficier; puis, sans doute effrayé des suites de
son audace, va se cacher sur le sein de la
bonne.

En somme, une verve, une puissance de vie
incroyable. Au Corso, où la foule se presse
pour regarder passer les voitures, hommes et
femmes s'accostent en se serrant la main et se
souhaitent la bonne année, en accompagnant
leurs paroles de ce beau sourire méridional
qui jaillit du regard plutôt que des lèvres.
L'aspect des toilettes excentriques, des robes
voyantes, de la draperie pittoresque du fichu ou
du châle jeté sur la tête classique des femmes
du peuple, se marie divinement avec celui des
beaux uniformes et des belles formes. Point
d'ivrognes ni de cris indécents; en revanche,
des exclamations joyeuses à la vue d'une belle
femme qui passe nonchalamment couchée sur
les coussins de sa voiture, ou bien escortée,
comme d'une garde d'honneur. Ici, cet hom-
mage s'adresse à la grande dame comme à la
courtisane, et l'homme du peuple exprime son

admiration de la même façon que le grand seigneur. En Italie, la beauté rayonne pour tous,
et personne ne se gêne pour prendre sa part de
ce qui semble fait pour réjouir les yeux de tous.

V

AU VATICAN

... Entrée très grandiose et très étrange. Une suite de cours séparées par des porches voûtés. Quelque chose comme le guichet du Louvre répété huit ou dix fois dans des proportions colossales. Les voitures des personnes admises à l'audience du saint-père attendent dans la dernière cour, qui a un aspect plus moderne et dessert l'aile du Vatican habitée par le pape.

Un domestique vêtu de noir attend sur les degrés du péristyle, et, après s'être incliné devant le porteur du billet d'audience, le prie de vouloir bien monter jusqu'au second étage.

Ce second étage, selon la coutume romaine,
en vaut quatre. L'escalier, large et beau, est
voûté ; les vitraux des fenêtres, comme les décors du plafond, sont modernes et n'ont rien
de remarquable. Deux cardinaux, qui causent
sur l'escalier, répondent très poliment à mon
salut et se rangent pour me faire place.

La mise en scène proprement dite commence
devant l'entrée du vestibule, vaste pièce carrée
qui, par ses dimensions comme par sa forme,
rappelle un peu la salle de l'Œil-de-Bœuf, à
Versailles. Les sentinelles de la garde suisse,
quatre grands gaillards costumés en hallebardiers, justaucorps à bandes noires, jaunes et
rouges, se croisent, deux par deux, d'un pas
accéléré devant la porte. Cette porte, très élevée
et de forme cintrée, est close par de grandes
portières de soie rouge qui roulent, retenues
par des anneaux, sur des tringles de fer. Quelques groupes de *monsignori*, plusieurs officiers
de la garde suisse disparaissent à demi dans
l'obscurité relative de cette première salle. Au

dedans comme au dehors, les portes sont gar-
dées par les éternels hallebardiers noirs, oran-
gés et rouges. Une sorte d'huissier qui a une
figure patibulaire, et dont l'habit de satin et de
velours cramoisi semble taillé dans les restes
d'un vieux meuble, stationne devant l'entrée
des appartements particuliers du pape. On
traverse une longue galerie, qui aboutit à une
autre galerie dont les décorations toutes modernes et assez riches sont d'un goût médiocre. Les peintures d'ordre composite représentent tantôt des paysages, tantôt des
scènes tirées de l'Évangile, le tout relié par
des guirlandes de fruits et de fleurs. Cette
galerie, dans laquelle le pape reçoit les personnes admises à l'audience, est meublée de
deux rangées de chaises en bois blanc recouvertes de serge rouge. Ses fenêtres, très hautes
et très belles, laissent pénétrer une inondation
de clarté riante et apercevoir des bouts de ciel
azuré qui, mêlés à des motifs d'architecture
grandiose, rappellent les toiles somptueuses

de Paul Véronèse. Çà et là, des braseros font
bien à l'œil, mais servent surtout à brûler le
bas des robes. Au fond de la galerie, sur une
estrade de velours rouge, un fauteuil surmonté
du buste de Grégoire XVI.

Les visiteurs sont peu nombreux ; environ
quinze personnes, vêtues selon les lois de
l'étiquette prescrite : les hommes cravatés de
blanc et en habit noir ; les femmes tout en
noir, sans chapeau, la tête recouverte d'un
voile formant mantille. Pas de gants ; on ne
paraît que déganté devant le pape. Tout près
de moi, un monsieur chargé de croix essaye de
se distraire en cherchant querelle à sa femme.
Je crois comprendre que le sujet de la querelle
provient de ce que le mari refuse, comme protestant, de s'agenouiller devant le saint-père. La
plupart des autres personnes sont chargées de
chapelets, surtout une famille anglaise qui,
avant de venir, a dû faire main basse sur tous
les magasins d'objets de sainteté imaginables.
Les hommes de la bande, deux jeunes gen-

tlemen d'une tenue irréprochable, portent plusieurs douzaines de chapelets à chaque bras
et s'efforcent, non sans peine, de prendre la
figure qui convient à la gravité de la circonstance et à la solennité du lieu. La porte s'ouvre
derechef pour laisser passer une dame dont le
port majestueux dénote encore l'Anglaise, et
qui s'avance suivie d'une personne ayant la
tournure et le plumage d'une parente pauvre.
La parente pauvre entre chargée, non plus,
cette fois, de simples chapelets, mais de caisses
entières remplies de médailles, de croix, de
rosaires. Cela devient inquiétant et m'inspire
des réflexions naïves. Comment le saint-père
s'y prendra-t-il pour bénir tout ce sacré bagage ?

Là-dessus, grand mouvement au dehors ;
puis un moment de silence, et les portières
s'écartent devant Pie IX et sa suite.

C'est un joli tableau, d'un coloris tout vénitien, que ce fourmillement de personnages
richement vêtus, ce joyeux chatoiement de
belles étoffes inondées d'une lumière riante.

La note dominante est fournie par le costume
du souverain pontife, qui, dans sa robe blanche
relevée par un manteau d'un rouge vif, marche
à la tête de ses *monsignori,* vêtus de robes d'un
violet rougeâtre. Dès l'entrée du saint-père,
tout le monde se prosterne ; puis l'un des *monsignori* de service fait signe aux visiteurs de
se relever et réclame leurs cartes. Le secré-
taire lit les différents noms au saint-père à
mesure que celui-ci s'avance pour parler aux
personnes agenouillées devant lui. Il le fait
avec beaucoup de bonté, d'un air affable et
simple qui contraste singulièrement avec l'attitude altière de son entourage, disant à chacun
un mot aimable, bénissant un enfant maladif,
donnant sa main à baiser à tous. Je remarque
qu'il ne s'arrête guère auprès de la dame aux
caisses, qui paraît consternée et fait un geste
de désespoir.

L'audience se termine par une petite allocu-
tion toute paternelle par laquelle le saint-père
déclare bénir les chapelets apportés et exhorte

ses auditeurs à travailler, dans la mesure de
leurs forces, à l'avancement du règne de Notre-
Seigneur. Tout le monde se signe et répond
Amen. Après quoi, le cortège se reforme, suivi,
cette fois, par les visiteurs, qui l'accompagnent
du regard le plus longtemps possible et s'éloi-
gnent par le bout opposé de la galerie qui
mène aux appartements particuliers du pape.

VI

LE CORSO — LE PINCIO

Au Corso. — Le mouvement de nos boulevards, resserré dans un espace étroit comme
celui de la rue Richelieu. De chaque côté, des
trottoirs encombrés de piétons venus là pour
passer la revue des femmes et des équipages.
Une double haie de *gommeux*, des militaires en
train de vérifier si la princesse D... ou la duchesse de R... figurent, comme de coutume,
dans le défilé, ou si le nez de miss Fairhair,
l'Américaine du jour, vaut toutes les discussions qu'il provoque.

Parmi les femmes qui vont à pied, maint
costume d'étoffe lourde et de couleur voyante.

De loin, les trottoirs, envahis par l'envergure des longues jupes traînantes, ressemblent à un parterre de tulipes. En général, le goût du clinquant domine. Trop de gros bijoux, d'orfèvrerie massive. Des médaillons de la taille d'un petit reliquaire, de larges chaînes d'or venant s'enrouler plusieurs fois autour du corsage. Les manches sont tailladées, les corselets justes dégagent la noble taille et moulent la superbe gorge à demi visible sous un rempart de tulle et de faille. Beaucoup de collerettes à la Médicis, d'aumônières suspendues à des ceintures de cuir. L'étoffe, comme la coupe des costumes, indique un retour vers les modes du XVIᵉ siècle, si avantageuses à la robuste beauté des femmes romaines. Même remarque pour les coiffures, qui sont très hautes et souvent surmontées d'un chapeau empanaché comme un casque ou fleuri comme une corbeille.

Peu de beaux attelages ni de chevaux de luxe. Les Romains vont en voiture, non pour montrer leur voiture, mais pour aller en voi-

ture. Pareillement peu d'hommes montent à
cheval, ou prennent plaisir à conduire. La plupart des livrées sont d'une coupe naïve, et
les cochers ont des moustaches, comme leurs
maîtres. Quelques calèches, quelques landaus
portent des traces d'antiquité vénérable. Des
voyageurs solitaires qui feuillettent les pages
d'un volume recouvert de toile rouge, de nouveaux venus, reconnaissables à leur air édifié ou
ébahi, recueillent leurs impressions sur Rome,
allongés dans des voitures de place ou empilés
dans un remise. Pourtant, quelques beaux huit-
ressorts, entre autres l'attelage quasi royal de
la comtesse M..., une reine sans couronne, à
qui l'on reproche les saluts un peu trop affa-
bles qu'elle se croit obligée d'adresser à des
sujets imaginaires, et celui de la princesse ***,
une belle personne, dont les yeux profonds et
veloutés vous brûlent au passage, et qui, pour
se contenter d'être princesse, n'en a pas moins
l'apparence et la majesté d'une reine.

Comme la plupart des Romaines, elle salue

sans remuer la tête et seulement du bout des doigts relevés à la hauteur de l'œil. Joli geste à la fois condescendant et familier, qui flatte l'homme tout en sauvegardant la souveraineté de la femme. Le salut des Romains est humble et chevaleresque tout ensemble. Le serviteur, honoré d'un regard, s'incline avec respect, tandis que l'ami, gratifié d'un sourire, lance vivement son chapeau en l'air en signe de reconnaissance et d'allégresse. R*** passe certainement la majeure partie de sa vie à ôter son chapeau et à le remettre, geste qui, à force d'être multiplié, a fini par donner l'agilité d'un danseur d'Opéra à celui qui l'exécute. D'ailleurs, le vrai type du dandy romain (remarquez que je ne dis pas du *gommeux*), que ce grand comte usé par la vie et désarticulé par les saluts, qui, le gardénia à la boutonnière et le sourire à la lèvre, va régulièrement du Corso au Pincio et du Pincio aux jardins Borghèse pour y étaler ses grâces et en recueillir le salaire.

Au Pincio. — Des ombrages mêlés de mo-

tifs d'architecture, des gerbes d'eau qui s'élancent parmi des massifs de lauriers-roses, des
chemins bordés de bassins en formes de grot-
tes, des plantes grasses sur des balustrades en
marbre blanc, de vastes terrasses d'où le regard
va de la coupole de Saint-Pierre aux montagnes
de la Sabine ; de lumineuses plates-formes sur
lesquelles la végétation hérissée et métallique
des palmiers et des aloès projette des ombres
dures, des avenues pacifiquement peuplées de
bustes d'Italiens célèbres, d'admirables jardins
où les roses grimpantes s'accrochent de préférence au tronc des cyprès et vont, ailleurs,
mêler leurs festons ou leurs guirlandes aux
cascades de jasmins et de chèvrefeuille. Ce
serait divin sans l'horloge, un chronomètre de
'place de fiacres posé sur un aquarium peuplé
de poissons rouges et agrémenté d'un caillou-
tage digne d'orner un jardinet du faubourg.
Pourquoi, d'ailleurs, faire les choses à moitié
et ne pas ajouter tout de suite la boule à l'aquarium ?

A six heures du soir. — Le monde du Corso,
plus nombreux toutefois et plus choisi. La musique militaire joue, les voitures font halte
autour des musiciens. Parmi ces voitures,
celle de la princesse royale, qui a l'air fort
gaie et cause avec sa dame d'honneur. Jolie
femme, cette aimable princesse piémontaise
qui a le sourire d'une jeune fille et, sans
ressembler à son arrière-grande-tante, la duchesse de Bourgogne, en a la vivacité et les
grâces. Le prince Humbert, très affable, sous
son air grognon, cause plus loin avec un
monsieur qui se tient debout devant la por-
tière du tilbury dans lequel le prince vient
d'arriver. Beaucoup d'Américains, de Russes.
Tout le monde a l'air de se connaître. Les
jeunes femmes, penchées sur les coussins de
leurs voitures, échangent des saluts et des sourires, les hommes font leur cour debout auprès des portières et quelquefois poussent l'empressement jusqu'à suivre la voiture lorsque
celle-ci recommence à marcher. En somme,

un concours de beautés, un *drawing-room* à
ciel découvert, où les plus jolies femmes du
monde viennent tenir leur cour et essayer le
pouvoir de leurs charmes.

Quelques remarques plus particulières sur les
femmes d'ici.

Généralement paresseuses comme des chattes
et ignorantes comme des carpes. Mais sachant
faire de jolies révérences au Saint-Sacrement
et s'agenouiller avec grâce. Les plus instruites
baragouinent un peu le français, langue utile
pour paraître bien élevée et s'entretenir avec
les étrangers qui viennent à Rome. Quelques-
unes ont la prétention de s'intéresser à notre
littérature et à nos mœurs, qu'elles étudient
dans *le Juif errant* d'Eugène Sue ou dans
l'Enfer de Paris de Paul Féval. La Rosina, qui
n'est pas sotte, me demandait dernièrement
si les faits contenus dans ce dernier ouvrage
étaient *historiques.*

Sauf pour aller au Corso, les Romaines
sortent rarement à pied et ne comprennent

point que l'on puisse se décider à marcher quand on pourrait prendre une voiture. En somme, le culte du *far niente* et la passion du commérage. La comtesse L..., qui est riche, loue une partie de sa maison simplement pour avoir toujours du monde chez elle. Deux Russes, le prince et la princesse K..., ont failli devenir ses locataires. Mais l'affaire a échoué, parce que ces nouveaux mariés ont refusé de vivre en commun avec leur propriétaire. Détail curieux : la trop aimable dame voulait se réserver le droit d'aller jouer du piano, le matin, dans le salon de ses locataires, et de leur rendre visite le soir.

Point gourmandes, et buvant le plus souvent de l'eau claire, ce qui, soit dit en passant, n'enlève rien au diable. Madame M..., qui est sur le point de marier avantageusement la cadette de ses filles, m'avoue qu'elle désirerait déjà la voir mariée. Ce qu'elle appelle « la beauté du fiancé » l'inquiète. Elle craint que quelque belle Romaine, éprise de cette tête de garçon coiffeur, ne vienne lui enlever son futur gendre.

Sans doute la beauté masculine les préoccupe
fort. « Il est très beau ; une telle est bienheu-
reuse de l'épouser, » disait dernièrement une
jeune fille. De toutes ces femmes, aucune ne
paraît remarquer combien il est nul. La fiancée, qui est jolie et excessivement mal élevée,
l'éblouit par une sorte de verve qui déborde
le plus souvent en caprices, verve de comé-
dienne qui effrayerait tout autre homme. Celui-
ci sourit lorsqu'elle l'interrompt au milieu d'un
discours pour improviser un exorde de sermon
ou pour contrefaire un chanteur. De la har-
diesse, de l'effronterie même ; elle voit surtout dans le mariage le moyen d'échapper aux
contraintes de sa vie actuelle. D'ailleurs, très
positive en fait de sentiment ; ne cachant pas
le plaisir qu'elle éprouve à quitter sa mère, dont
la situation gênée lui inflige des privations et
blesse son amour-propre.

Sèche comme une courtisane et avide comme
une juive. Elle n'aime point son fiancé et ne
parle de lui que pour faire l'évaluation de ses

richesses. « Vous me donnerez tant pour la dépense et tant pour ma toilette, » lui dit-elle du ton d'une femme entretenue qui conclut un marché. D'ailleurs, l'innocence d'un bébé. Les Romaines, qui n'ont guère d'autre préoccupation que la toilette et l'amour, s'exercent de bonne heure à ce que, dans leur langage expressif et naïf, elles appellent *faire l'amour*. Or *fare l'amore*, en italien, correspond au terme anglais de *flirting*, et néanmoins la nuance italienne est plus forte ; il y a généralement échange de petits billets remis clandestinement et par les domestiques intéressés à favoriser ce genre de commerce. « A quelle église allez-vous ? où pourrai-je vous voir ? » Telle est la première question qu'un jeune homme adresse à la jeune fille qui daigne agréer ses hommages. On s'écrit, on se voit au bal, à la promenade, à la messe ; bref, on s'aime le plus passionnément et le plus tendrement du monde, jusqu'au jour où quelque obstacle vient entraver la marche des

choses et vous forcer à recommencer ailleurs.
Elles mettent leur orgueil à avoir beaucoup
d'amoureux, et la petite M... me citait l'exemple d'une amie qui, à peine âgée de quinze
ans, a déjà *aimé* huit ou dix fois. « L'amour
lui donne tant de tourments, qu'elle en a déjà
l'air tout défait, » ajoutait-elle le plus naïve-
ment du monde.

Inutile de dire qu'il s'agit des tourments
amenés par de petites cachotteries inséparables
de tout commerce galant. Les femmes mariées
y mettent moins de .mystère et trouvent tout
simple de donner à l'occasion un remplaçant à
leur mari. L..., un fonctionnaire supérieur,
vient d'épouser une assez belle personne. Je
les ai vus l'autre soir chez les D...

On parle de voyages, de bains de mer : sur
quoi, la jeune femme déclare qu'elle veut passer
une partie de l'été à Ischia, le Trouville de la
fashion italienne. Le mari répond que ses affaires le retiendront probablement à Rome.
Mais la nouvelle mariée trouve moyen de tout

arranger. « B... me tiendra volontiers compagnie, si vous ne pouvez venir, » dit-elle de l'air du monde le plus naturel. B..., un ancien ami du mari, est le même qui se chargeait, avant le mariage, d'espionner la jeune fille lorsque celle-ci sortait accompagnée de la femme de chambre pour aller à confesse ou ailleurs. Songera-t-il à se faire récompenser de son dévouement? Impossible de rien prévoir avec des caractères aussi naïfs et des mœurs aussi primitives. Une chose certaine, c'est qu'ici l'ami de la maison tient beaucoup de place dans les ménages. J'en connais un fort respecté; le personnage dont il s'agit fait positivement partie de la famille. On l'héberge, on le nourrit gratis. En revanche, il s'est institué l'intendant des menus plaisirs, se charge de fournir les billets de spectacle, fait des cadéaux aux enfants, solde les frais inséparables des parties de campagne, va parfois même, dit-on, jusqu'à régler les comptes du bijoutier et de la couturière. Ces sortes d'arrangements passent pour être assez fréquents et ne choquent point. En somme, beaucoup de femmes qui s'exposent et très peu de femmes qui s'affichent. On tolère les passions, on méprise le libertinage. Il est vrai que les femmes vicieuses se conduisent plus mal ici qu'ailleurs. Elles ne se contentent pas d'être des courtisanes et deviennent, dit-on, des Messalines. Messalines ou Lucrèces, honnêtes ou vicieuses, quelquesunes sont très belles et représentent un type assez réussi de la femme antique; n'oublions pas qu'elles sont Romaines et descendent peutêtre d'elle en droite ligne.

VII

LE PRINTEMPS DANS LA CAMPAGNE ROMAINE

Semaine délicieuse : point de visites aux églises, aux musées, dans les galeries privées ou particulières. En revanche, des excursions au grand air, des pique-niques sur l'herbe, des cueillettes de fleurs dans les bois parsemés de cyclamens et d'anémones, la vision enchanteresse de l'Italie printanière, du *Tibur* de Mécène et d'Horace, c'est-à-dire encadrée de fleurs, radieuse sous une auréole de lumière, belle et sereine comme sur les paysages de Claude Lorrain, voluptueuse et souriante comme sur les toiles du Titien et de l'Albane, tantôt une nymphe et tantôt une enchanteresse, tour à tour Impéria ou Circé, Diane ou Lucrèce.

Partout de l'extraordinaire et de l'imprévu ;
le rêve du vieux paganisme auprès des splendeurs éteintes du xvie siècle, l'image des opulences passées empreinte sur les traces de la
vie moderne, des soldats campés dans des
salles de festin, des poules qui picorent sous
des voûtes peintes par les élèves de Raphaël.
Cela n'attriste point : l'abandon, ici, se dissi-
mule sous des fleurs, et les ruines illuminées
d'un reflet d'or ressemblent à des arcs de triomphe. Délicieux, ces jardins un peu abandonnés, ce pêle-mêle de roses et d'aloès, ces pelouses parsemées de fragments de marbre, ces
berceaux de lauriers et de chênes verts, ces
rangées de cyprès derrière lesquels l'immense
campagne romaine s'étale comme devant le
péristyle d'un temple, ces ors pâles, ces teintes
d'améthyste et de fleur de pêcher derrière la
verdure noire ou grise, ce mélange pittoresque
et pourtant correct de plaines et de montagnes,
de monuments et de ruines. Les bouquets de
palmiers, les pins parasols qui se détachent, çà

et là, sur des lointains roses, forment un point d'arrêt qui repose l'œil. Rien d'incertain ni de noyé, dans cet admirable panorama traversé par les sinuosités lumineuses du Tibre. Les montagnes, d'abord revêtues de tons lilas, prennent des teintes plus accentuées vers le soir, et toutes les gloires du soleil couchant viennent empourprer les coupoles de la ville éternelle. Partout des parfums, des odeurs suaves. Les giroflées qui sortent d'entre les mousses jaunes, les verveines qui courent sur le sol tapissé de leurs éclatantes arabesques, les jasmins et les roses, dont le feuillage grimpe le long des fontaines ou s'attache aux figures des sarcophages antiques, semblent enivrés de jeunesse et de bonheur. La beauté du ciel verse sur l'espace comme un reflet de l'Olympe, et l'on dirait que le dieu du plaisir a vidé sa coupe dans les airs illuminés par son passage.

De jolies dînettes avec B... Madame P..., mesdames de W... et de G... A Tivoli, la table est dressée sous les colonnes du temple de la

4

Sibylle, vis-à-vis des chutes d'eau dont l'écume
bondissante sous des panaches de fleurs roses
et jaunes scintille comme des pierreries au soleil. Une autre fois, souper au Janicule, dans
un bouchon où le portrait de Victor-Emmanuel
figure vis-à-vis de celui de Garibaldi. Mauvais
service, repas médiocre. Mais nous dînons sur
la terrasse ; la table est mise sous une ton-
nelle recouverte de rosiers, parmi des bosquets de lilas, à la clarté de la lune, et sur
le sommet d'une hauteur d'où le regard embrasse Rome. Dimanche, le programme était
charmant. Trajet direct jusqu'à Ostia, l'antique
Ostie du tableau d'Ary Scheffer. A moitié chemin, la route, d'abord aride et poudreuse,
change d'aspect et prend un faux air de campagne normande. De grands marécages regorgeant de verdure, d'étroits chemins où la voiture roule sous un berceau de feuillage. Cela
sent la violette, le muguet, l'aubépine; bref, le
coin de la France où *ils* respirent.

Malgré moi, je ferme les yeux, songeant à

telle-matinée de printemps où la vaste calèche,
trop étroite pour nous contenir tous, nous emporte vers la chapelle du couvent voisin. Le
temps est beau, comme aujourd'hui, et le soleil,
un peu voilé, éclaire un paysage plein d'harmonie et de douceur. Des bois, des prairies, des vil-
lages reposent dans une lumière calme. Çà et
là, sous un ciel légèrement chargé, de grandes
taches d'ombre reproduisent la forme des nuages errants sur l'azur. Des herbes marines fument sur la grève, encensant l'air, et, plus loin
encore, derrière un rideau de vapeurs brillantes, les grandes voiles blanches des bar-
ques errantes dans l'immensité bleuâtre font
songer à des ailes d'archange. Peu à peu, le
paysage se resserre, prend des formes plus
précises et pour ainsi dire plus humaines.
D'énormes chênes au tronc droit et solide, des
hêtres noueux répandent des masses de feuillage robuste sur des inondations de verdure.
Des forêts de roseaux recouvrent des mares
d'eau dormante et envahissent le bord des

sources. Cette végétation surnourrie et plantu-
reuse regorge de sève sous l'humide brouillard matinal. Derrière ce voile léger, les fouillis
de verdure, les amoncellements de feuillage
échelonnés le long des ravins ou dispersés sur
la pente gazonnée des collines prennent une
grâce idéale. Le scintillement ému des petites
rivières, le reflet d'or des mousses qui tapissent
le toit des chaumières ou s'accrochent aux
flancs brunis des rochers achèvent de donner
l'idée d'un petit Éden...

Un arrêt, et le beau rêve douloureux s'ef-
face, subitement chassé par des glapissements
humains. Un soleil brûlant, une plaine aride.
Nous sommes dans les Maremmes, entourés
d'une demi-douzaine de malheureux qui trem-
blent la fièvre. Ils sont déguenillés, pieds nus;
ils ressemblent à des pestiférés. Une petite
fille de douze ans, qui nous regarde bouche
béante, succombe presque sous le fardeau d'un
enfant hydropique. Des brutes, et, ce qui est
pire, des brutes souffrantes. Au reste, il faut

descendre de voiture, au grand déplaisir de
B..., qui déclare qu'il a trop faim pour visiter
les antiquités et propose de passer tout de suite
à l'épisode gastronomique. Sauf mademoiselle
de G... qui répond à la proposition par l'offre
d'une pastille de chocolat, personne ne l'écoute.
Mademoiselle G... est Moscovite, c'est-à-dire à
moitié Parisienne, et, par conséquent, ne se
soucie pas plus que moi de suivre le grand
homme de la bande, l'illustre Blasius, un savant
qui s'entend à distinguer une cruche d'une
amphore et une inscription latine d'une inscription grecque. Ce qu'on voit là s'explique tout
seul. Des débris de maisons, des tombeaux;
les ruines d'un temple, les restes d'un bain
public, les vestiges d'un théâtre. Çà et là, un
pavé bien conservé, un joli portique encore
intact, des sarcophages, des fontaines, des au-
tels. Puis, sur les places jadis occupées par les
monuments publics, des tronçons de colonne,
des fragments de mosaïque. Plus loin, un port,
un dépôt qui servait à emmagasiner les mar-

4.

chandises, des traces de vie animée et commer-
çante; plus loin encore, une pointe de terre,
peut-être l'emplacement de la maison où saint
Augustin et sainte Monique, par une nuit étoi-
lée, s'entretinrent des choses du ciel.

Aujourd'hui, le paysage a l'aspect terne des
lieux malsains. Quelques maigres oliviers,
quelques saules rachitiques ont l'air de pleurer
sur leur abandon. Seul, le cadavre d'un petit
oiseau atteste le passage d'un être vivant. D'où
venait-il, et que venait-il faire ici ?

En somme, un désert que ce triste rivage
baigné par des eaux troubles comme celles du
Styx. Malgré soi, l'esprit s'emplit d'images
funèbres, et l'on s'attend à voir paraître la
barque destinée à emporter les âmes vers le
royaume des ombres.

Poésie de la fièvre; peut-être plus simplement le vide de l'estomac creusé par une attente trop longue. L'attaque du panier aux provisions prouve que nous ne sommes pas encore
dignes d'être élevés à la condition de dieux mâ-

nes. Bien gai, ce joli repas entre Français et Russes. L'aimable madame de W... a deviné tous les goûts, prévu tous les caprices.

Les Allemands mangent plus loin, assis autour d'une table où l'illustre Blasius trône entre deux dames qui l'accablent de compliments et s'efforcent de lui prouver leur admiration en emplissant son assiette. Nous, nous déjeunons sur l'herbe, assis sur des troncs d'arbres, dans une clairière ombragée de pins parasols, en face d'une vaste prairie où les taureaux et les buffles paissent parmi des débris de statues et de sarcophages antiques. A gauche, le petit manoir du prince, une sorte de castel fortifié qui date du moyen âge; à droite, une obscurité profonde, les ténèbres d'une avenue noire comme l'entrée du royaume de la nuit et qui aboutit directement à la mer. Le véritable bois sacré de l'antiquité que ce mélange de blanc et de noir, de feuillage et de marbre, de végétation hérissée et de buissons touffus sous lesquels l'œil entrevoit des cours d'eau cristalline.

Le ciel, d'un bleu cru, est sans nuages ; le sol,
çà et là diapré de taches de lumière, est parsemé de fleurs roses, tel qu'une tapisserie antique, et les parties de rocher moussues qui sortent d'entre un fouillis de végétation brune ont
l'air d'avoir été mises là pour servir de cachette
aux faunes.

Retour silencieux : le soir est venu, mêlant
ses grandes ombres solennelles aux dernières
lueurs du jour. Du rose pâle et du noir velouté,
comme dans un Claude Lorrain ; un assemblage de clartés chaudes et de ténèbres trans-
parentes, de contours arrondis et de lignes
simples ; bref, le véritable paysage classique,
tel qu'il a été compris par les anciens peintres,
le beau paysage antique avec son horizon de
montagnes noblement découpées et ses premiers plans traversés par les sinuosités lumineuses d'un fleuve. Qu'il y a loin de là à Fontainebleau et à Marlotte, à Robinson et à As-
nières !

VIII

Tous les chemins mènent à Rome, dit le proverbe, qui ici n'a point menti.

Qu'ai-je surtout vu à Rome, jusqu'à présent ?

L'image de la petite madone placée au chevet de ma couche, une vieille gravure qui représente Notre-Dame recevant les instruments du supplice de la main d'un ange. L'ange, bouclé et potelé, a l'air d'un Amour ; la belle madone douloureuse joint tristement ses mains, et, d'un regard résigné, contemple la couronne dont les épines vont déchirer son cœur.

Les églises de Rome, dans leur parure d'or et d'émail, ressemblent à d'immenses châsses.

Mais, à tout moment, le rêve de l'amour mystique s'y transforme en image visible. Le regard de l'homme, qui prie agenouillé devant l'hostie sainte, ne craint point de se glisser sur la tête de la femme, qui prie inclinée sur son livre; les longs yeux noyés de la jeune fille, qui murmure des litanies aux pieds du crucifix, semblent chercher l'image d'un Christ vivant à travers les lourdes fumées de l'encens répandu dans l'espace. L'amour, régnant ici en souverain maître, peut se passer d'être hypocrite, et Pie IX, dans ses scrupules d'homme moderne, a le premier cru devoir voiler la nudité de la superbe statue qui décore la tombe de Julie Farnèse et représente la plus belle des familières du Vatican endormie sous les voûtes de Saint-Pierre dans l'attitude souriante d'une Psyché.

Ce soir, dans la vaste *Campagna*, un groupe d'Anglais et d'Anglaises faisant cercle autour d'un *Révérend* qui tient une sorte de *lecture* instructive sur les beautés du site et laisse

passer sans le regarder le superbe *contadino*
qui, debout dans sa charrette, conduit son attelage de l'air d'un empereur romain et semble
guider un char antique.

Sur la voie Appienne, ce Père-Lachaise de
l'ancienne Rome , des statues et des bustes
presque intacts apprennent au passant ce
qu'était un visage de Romain au temps des
Césars. Les cendres du trafiquant comme celles
du patricien et du grand homme dorment là,
confondues avec la poussière d'un désert parsemé de ruines. Et, si l'on cherchait bien, on
trouverait les épitaphes grotesques qui doivent
correspondre à certains visages grotesques. La
sottise humaine n'a pas plus varié dans son
expression que ne l'a fait la physionomie des
moutons de tous les temps. A propos de moutons : Un personnage à visage d'âne adorant
un mouton crucifié, voilà la satire du christia-
nisme telle qu'elle figure dans la caricature
qu'une main munie d'un morceau de charbon
traça, il y a dix-huit siècles, sur les murs du pa-

lais impérial. Qu'il y a loin de cette caricature
au sens grossier à la parole du moine qui, rap-
prochant sa torche de la fresque touchante où
quelque artiste contemporain des apôtres a
représenté Ève tendant les bras vers le Christ,
me disait hier : « Ève ne comprend pas ; mais,
reconnaissant son maître, elle croit et elle es-
père. »

IX

DE ROME A PÉROUSE

Quarante degrés de chaleur ; un monde fou ; des wagons bourrés de voyageurs et de bagages ; d'autres wagons simplement inhospitaliers se referment brusquement devant quiconque tente de s'y introduire. Un employé m'indique une place perdue parmi le froufrou des jupes de batiste. J'hésite, craignant de gêner. Mais ma timidité se dissipe à l'aspect d'une vieille Anglaise qui porte une perruque jaune avec frisures sur le front et m'invite impérieusement à prendre possession de la place vacante. « Montez ; les personnes qui prétendent rester seules n'ont qu'à prendre un wagon entier. »

5

Ceci s'adresse aux autres voyageurs, qui n'ont pas l'air de comprendre. Probablement une famille romaine, si l'on en juge par leur accent. Ils sont quatre : une dame grasse, un monsieur sec, et deux jeunes filles grassouillettes. Les jeunes personnes grassouillettes jouent à se pincer, et le monsieur sec bavarde, les mains familièrement appuyées sur les genoux de la dame grasse, qui rit de ce qu'il raconte, et s'éponge le front avec un mouchoir marqué d'une couronne comtale.

De braves gens qui prennent simplement la vie. L'Anglaise est affreuse. Une momie vêtue de toile bleue. Ses fausses dents se dérangent lorsqu'elle parle ; le col en pointe et très ouvert découvre un cou ridé et rugueux comme celui d'un dindon, ou bien encore comme celui du comte S..., qui, à près de soixante-dix ans, affecte des façons de gommeux et s'habille en jeune homme. Une caricature, mon Anglaise, mais une caricature de grande dame. L'air *lady-like*, cassant, persiste à travers le gro-

tesque et trahit les façons hautaines d'une personne habituée à voir tout plier devant elle.
Nul enthousiasme , aucun respect pour les
goûts ou pour les convictions d'autrui. L'aspect
des grands paysages majestueux et tristes qui
s'étalent derrière les rives du Tibre ou bien
aux environs du lac de Trasimène la laisse
froide. Elle aperçoit la raideur, elle ne sent pas
la noblesse de cette nature pompeuse et uni-
forme. « Du papier découpé et du carton
peint, comment pouvez-vous admirer cela ? »
dit-elle à son compagnon de route, un bel Italien qu'elle appelle « son courrier » et avec
qui elle daigne parfois s'entretenir.

L'accent sec, le regard intelligent et ironique
a dû attirer l'attention des artistes et des poètes
quand ceux-ci se passionnaient pour les femmes sceptiques ou sentimentales. Une contem-
poraine de Valentine et d'Indiana, peut-être la
fameuse Mathilde des *Reisebilder*, ce livre aujourd'hui démodé et parfaitement vieilli dans
lequel Henri Heine, naïf comme la plupart des

satiriques , dépeint des danseuses italiennes
agenouillées devant des madones italiennes, et
des banquiers juifs qui feignent de s'attendrir
devant les beautés de la nature italienne. Pays
de fantaisie peuplé de personnages de fantaisie
que l'on retrouve sur les vieilles vignettes du
temps où l'on chantait des romances, et dans
certains tableaux de toute époque sur lesquels
un ciel bleu ou orange s'accroche comme il
peut aux accidents d'un paysage mélangé de
rose, de saumon et de vert pistache. En somme,
des bonshommes qui semblent confectionnés
par la main du confiseur, d'inoffensifs aventu-
riers qui promènent les fictions de leurs rè-
veries sans but et de leurs passions inutiles
au sein d'une nature qui a l'air de sortir du
laboratoire de Tortoni ou du garde-meuble de
l'Opéra.

Comme celle-ci me rappelle le souvenir de la
vieille chambre verte, dont les murs, jadis ta-
pissés d'estampes , avaient été convertis en
musée par la main d'un collectionneur habile !

Les pages ternies par l'âge représentaient de grands paysages, d'anciennes villes. On voyait des places entourées de palais magnifiques et de beaux jardins, dont les terrasses touffues dominaient de riches campagnes. J'apercevais de lumineuses routes sur lesquelles des paysans, debout sur leurs charrettes traînées par des bœufs superbes, semblaient conduire un char antique, et de vastes salles soutenues par des colonnes derrière lesquelles l'eau des fontaines lançait sa gerbe de perles. Ailleurs, de hautes montagnes ondulaient sous un horizon parsemé de nuages aux contours fermes, et l'on croyait entendre bruire l'écume des torrents qui se brisaient contre les aspérités du rocher pour s'engouffrer ensuite au fond de l'abîme.

Des villas paraissaient derrière des buissons au feuillage grêle ; des sentiers ondulaient à travers le flanc des coteaux revêtus d'une végétation sombre. Plus loin, des villes, des bourgs adossaient leurs lourdes assises de pierre grise contre une austère montagne dont l'âpre sommet, placé tout près du ciel, portait la pesante forteresse ou le calme monastère où les hommes d'autrefois plaçaient leurs cellules ou leurs engins de guerre.

Je descends à Assise, séduit par l'aspect pittoresque du vieux nid, si semblable aux images retracées sur mes gravures. Une vraie ville du moyen âge, dont la situation explique les mérites et fait comprendre les fautes des prédécesseurs de Raphaël. Des ruelles tortueuses, des places tristes, de grandes cours dont les pierres, recuites par le soleil ou rongées par la moisissure, semblent cacher des tombes ; de hautes murailles grises, tachées par l'ombre d'un figuier solitaire ; des maisons désertes, derrière lesquelles on devine des puits desséchés et des jardins incultes. Çà et là, du lierre, de la vigne, des plantes grasses, la folle verdure qui s'accroche aux lieux abandonnés et sème ses fleurs sur les ruines. Une lumière violente, des ombres noires. Point de perspective. On monte, on monte, on monte, à croire que l'on va gagner le ciel. En somme, une tombe aérienne, d'où les anciens peintres croyaient sans doute apercevoir ce qui se passait derrière les nuages. Dans ce Pérugin vivant, trois étages : les ruelles escarpées du bourg dépeuplé et lugubre ; le couvent désert, avec son merveilleux cloître et son église, semblable à un vieil émail enchâssé dans un cadre gothique ; enfin la forteresse à demi détruite, dont les restes, ébréchés comme des dents de vieillard, se dressent fièrement sur la hauteur. Sur le chemin, une auberge tenue par un hôte à aspect famélique ; une église rustique, mais toute doublée d'or, qui s'emboîte, pareille à un joujou d'enfant, dans la nef d'une autre église ; un monastère, aujourd'hui désert, dont le jardin possède des rosiers miraculeusement dépouillés de leurs épines ; des enfants qui quittent le seuil d'une maison propre pour venir tendre la main au passant ; des gens qui, flairant en lui l'étranger, cherchent un prétexte pour lui arracher quelques centimes ; des lé-

gendes qui font de saint François le plus beau
des saints, des peintures qui le représentent
comme le plus laid des moines.

Poésie ou réalisme, on peut choisir. Pour le
moment, j'ai faim et je m'en retourne à l'auberge, où mon couvert m'attend, dressé sur
une table recouverte d'une nappe sale. Les
mouches voltigent et bourdonnent autour des
taches de graisse et de l'assiette d'une dame
italienne, qui dîne là en compagnie de ses deux
enfants et n'a pas l'air de remarquer combien
la viande est dure. La dame, assez jolie, assez
jeune, une grosse réjouie, crève de santé ; regard vif, teint coloré, cheveux châtains, ceux-ci
gâtés par un arrangement trop symétrique de
tresses et de coques. Costume de barège noir,
relevé de nœuds bleus. D'ailleurs, l'air parfaitement commun ; une jolie charcutière ; le type
de la dame de comptoir, ou plutôt de la dame
de boutique. Un prêtre qui dîne à côté de moi
me nomme madame ***, *poétesse* fêtée et improvisatrice célèbre, retour de la ville natale de

Pétrarque, où cette Corinne bourgeoise est allée réciter ses vers, dans une fête donnée en l'honneur du grand poëte. En personne bien apprise et en Italienne convaincue, elle a naturellement profité de l'occasion pour faire des allusions politiques et pour mettre son lyrisme au service du gouvernement actuel. Naturellement encore, mon prêtre s'abstient de faire l'éloge de la dame. Mais le fait de cette muse endimanchée et bonne mère de famille, laissant là son ménage et ses occupations habituelles pour aller déclamer publiquement des vers patriotiques et soupirer de tendres sonnets en mémoire du chantre de la patrie et de l'amour, n'a point l'air de le faire sourire. Cela ne me surprend point. Ici, des hommes distingués, spirituels même, prennent au sérieux une femme qui fait métier de composer des vers ou bien abandonne son intérieur pour élucubrer un traité de philosophie. Loin de se moquer d'elle, ils l'admirent, ou font semblant de l'admirer.

— *Una brava poetessa, una granda filosofessa,*

5.

me disait dernièrement S..., à propos de deux
de ces dames, dont l'une, récemment morte,
d'ailleurs titrée, belle et riche, laisse un volume destiné à rajeunir la doctrine de la mé-
tempsycose. La même personne, parlant de feu
madame Louise Colet, paraissait la mettre au
rang de nos célébrités et me citait les noms
des personnes distinguées et ·honorables qui
se sont fait un devoir de l'accueillir. L'Italien
dont il s'agit semble ne pas connaître la signification du terme de *bas-bleu* et trouve tout
simple de faire des odes, quand on ignore
l'art de parler en prose. Cet art, est d'ailleurs,
peu goûté en Italie, circonstance qui explique
la vogue de l'*improvisatrice*. Ici, non seulement
chaque ville à sa *poétesse*, mais compte souvent
plusieurs muses rivales, qui, pour ne plus
porter de turban, comme Corinne, n'en sont
pas moins dangereuses à la sécurité des familles. Mais le pays s'en trouve bien et les laisse
faire.

X

A PÉROUSE

... Grande affluence de gens venus de toutes
les provinces voisines pour assister aux courses de *Biroccini :* divertissement populaire et
qui attire beaucoup de monde. Les habitants
des Romagnes raffolent de ce genre de plaisir,
qui consiste à faire courir trois par trois de petits chars pourvus d'un siège très élevé pour
le cocher, ou, pour se servir du terme local,
pour le conducteur. Le cirque, qui peut contenir et contient environ huit mille personnes, se compose d'un espace destiné aux promeneurs, de l'enceinte réservée aux courses,
et d'un amphithéâtre. Au milieu, une tribune

pavoisée de drapeaux et de bannières, celle du
préfet; plus loin, des gradins disposés en orchestre pour la musique militaire.

Tout regorge de monde, malgré l'ardeur du
soleil brûlant, qui transforme l'espace en fournaise. Beaucoup d'ouvriers, de petits bourgeois, de gens du peuple. Les femmes de
basse condition, les servantes, ont la tête
recouverte d'un fichu ou d'un châle. Leur
éventail leur sert d'ombrelle. De très jolies
grisettes coquettement habillées portent un
petit voile noir fixé parmi les coques de leur
coiffure et se pressent contre la barrière pour
mieux voir et pour mieux se faire voir. Dans
l'enceinte, les commissaires des courses, de
beaux jeunes gens, pour la plupart d'origine
patricienne, s'entretiennent avec les *parieurs* ou
font des signes d'intelligence aux femmes qui
occupent les loges. On me nomme les X..., qui,
l'un et l'autre, ont épousé des danseuses; le
beau marquis Z..., amant de la D..., une laide
délicieuse, et ainsi de suite. Ici, on croit avoir

suffisamment désigné quelqu'un lorsqu'on a
dit : « Voilà l'amant de une telle, la maîtresse
de un tel. »

Le même soir, une belle représentation au
théâtre de Pérouse : l'*Aïda*, de *Verdi*, avec les
meilleurs artistes dont l'Italie dispose actuelle-
ment. Chanteurs, décors, ballets, costumes, un
ensemble admirable et bien rare. Un public de
choix, une multitude de Florentins et de Romains venus pour assister à la fête. De beaux
visages, des toilettes fraîches, des fleurs, des
diamants et des perles. La salle offre un joli
coup d'œil; mais l'entrain, mais la verve, mais
l'enthousiasme, voilà surtout ce qu'il faut voir.
Nous sommes des glaçons, comparés à ces
gens-là. Point d'applaudissements intempes-
tifs, comme chez nous, d'interruptions inintel-
ligentes et banales. Mais, à la fin de l'acte, des
cris, des trépignements, des rappels à croire
que la salle va s'écrouler. Par moments, on
dirait qu'ils vont se précipiter sur le théâtre et
embrasser les artistes. C... et S..., qui m'avaient

accompagnée au théâtre, fredonnaient d'avance tous les airs, savaient par cœur tout le livret dont ils récitaient les paroles avec une sorte d'extase. Et, chose bizarre, ces lieux communs dramatiques ne me déplaisaient point dans leur bouche.

La passion, la grande passion communicative qui jaillit du cœur comme du regard, voilà ce qu'ils possèdent et ce qui les rend aimables. Qu'on s'y prenne n'importe comment, entre hommes et femmes, on finit toujours par causer d'amour. Point de gêne, d'embarras. Sous ce soleil de feu, sous ces étoiles étincelantes, la tête se monte, le cœur se gonfle. D'ailleurs, point de larmes ni de soupirs douloureux. Ces belles nuits sereines font l'amour tout joie et tout sourire, comme le pays lui-même. « Un jour sans amour est un jour perdu, » disent-ils. Et, naturellement, ils ne se privent pas de faire du sentiment à propos de ce qu'ils considèrent comme le plaisir d'un jour. Au théâtre, dans les entr'actes, je sur-

prends des bouts de conversation comme ceux-
ci entre une jeune femme et deux jeunes gens.
L'un deux, voulant taquiner l'autre, dit à la
dame :

— Devinez le péché capital de un tel.

— Laissez-moi écouter la musique... Peu
m'importe son péché capital, à moi qui n'en
ai que faire.

— Je vous dis qu'il est inconstant, *volage*,
s'éprenant de toute jolie femme qu'il rencontre.

— Est-il inconstant en amitié ?

— Non, certes.

— Eh bien, cela suffit. Le reste ne me regarde point ; tant mieux pour lui, s'il s'amuse.

Et tous trois de rire et de faire rire les voi-
sins qui écoutent.

A propos d'amour, voici la dernière idylle de
G..., un grand garçon élégant, pâle, mince, nerveux, avec des yeux de flamme et de magnifiques cheveux noirs admirablement plantés sur
le plus beau front du monde.

Depuis longtemps, *ils* s'entendaient à mer-

veille dans les petites choses comme dans les
grandes. Même horreur pour les pantoufles
en tapisserie et celles qui les brodent, même
passion pour les parfums et les bonbons. Tous
deux aiment ce qui amuse et détestent ce qui
ennuie; enfin tous deux ne se gênent pas pour
regarder ensemble la lune et les étoiles, les
jours où cela leur plaît de regarder la lune et
d'admirer les étoiles.

Jugez de tout ce dont ils ont bavardé ensemble à la fenêtre ouverte, ou parmi les citronniers de la terrasse, depuis tantôt quinze jours
qu'ils se connaissent! Les soirées sont encore
chaudes, et la lune, la belle lune italienne,
éclairait délicieusement son profil boudeur. Le
même jour, se sentant un peu de *vague à l'âme*,
comme disaient nos grand'mères, *elle* était allée
chercher des bottes de fleurs à une campagne
voisine. Profusion de roses, d'œillets, de
jasmins, d'héliotropes, de tubéreuses. Bref, un
parfum de serre chaude dans la chambrette,
dont les fenêtres donnent sur un vrai pay-

sage d'horloge dans lequel il ne manque que la pendule.

Les jours précédents, ils s'étaient longuement étendus sur les déceptions inséparables de l'amour et sur les douceurs attachées à l'amitié. Aujourd'hui, ils bavardent de tout ce dont on bavarde quand il fait chaud et quand les fleurs sentent trop bon. *Il* allait en soirée; *elle* voulut choisir le plus beau des gardénias pour l'attacher à la boutonnière de son habit.

La boutonnière était étroite, et la main un peu tremblante, d'une maladresse extrême. *Elle* portait, ce soir-là, une robe blanche ouverte, et, comme il se penchait pour venir au secours de la petite main, il s'arrêta à moitié chemin afin de poser ses lèvres entre la mousseline et la dentelle. Le malheureux gardénia tomba par terre, et personne ne songea à le ramasser.

Ici, cette fois, le printemps est si beau, que je crois voir pour la première fois le printemps. Quelle lumière et quel ciel ! Les roses

foisonnent dans le jardin, illuminent l'épaisse
verdure, tordent leurs festons à travers l'ombre
mystique où l'antiquité repose sous la forme
de cippes funéraires surmontés de statuettes
gracieuses. Un bois sacré où je m'enferme une
dernière fois peut-être pour y savourer la
coupe enivrante des joies humaines. Et quelles
joies ! ou plutôt quel rêve de félicités où l'image
du passé se mêle à celle du présent, où tout
s'embellit et se transforme comme sous la main
d'un grand peintre ! Ces murs recouverts de
fleurs n'ont plus d'âge : ces noires ruelles montantes, dont chaque gradin disparaît sous un
tapis de gazon, mènent aux voûtes bleues du
ciel ; le papillon et l'abeille butinent parmi les
giroflées et les verveines qui s'élancent, comme
d'une corbeille aérienne, du faîte des vieux
portiques qui jadis se sont ébranlés sous le pas
des légions romaines.

Hier soir, j'ai tristement erré entre ces murs
enguirlandés de festons de vigne, cherchant ce
qui seul parvient à calmer mon cœur lassé,

me noyant dans l'aspect divin de ces horizons qui font de Pérouse une ville ouverte sur le ciel, un temple dont le péristyle domine le monde. O ma chère Pérouse, si voisine et néanmoins si éloignée du bonheur !... Je m'étais arrêtée sur un monticule, auprès d'un vieux portail dont l'ogive revêtue d'écussons brisés encadrait les montagnes noyées dans les flammes du soir. Un faible son de cloche, quelque chose comme la clochette du pâtre qui rappelle les brebis dispersées, m'a conduite dans une toute petite église, resplendissante d'or et de lumière. Là, accroupis dans la fumée de l'encens, parmi des tentures d'argent et de pourpre, sous les rayons de l'ostensoir, et le feu des candélabres, des hommes et des femmes adoraient silencieusement le saint-sacrement exposé parmi des bottes de violettes et de jonquilles. La richesse presque fabuleuse des ornements faisait songer à des soleils illuminant une caverne, et contrastait avec l'abandon et la mollesse des attitudes. Les femmes, voilées de

blanc et de noir, semblaient prosternées aux
pieds d'un amant invisible. Sous les caissons
magnifiquement sculptés d'un plafond superbe,
les murs disparaissaient derrière des tableaux
noircis par l'âge, des toiles sur lesquelles des
restes de personnages se détachaient comme
des fantômes sur les moisissures de la tombe.
Ténèbres olivâtres, ténèbres inquiétantes entre
lesquelles l'autel fleuri et rayonnant resplendissait comme une promesse d'amour...

Pérouse.

... Que votre lettre m'a fait du bien! Je l'ai
lue et relue, le cœur gonflé de reconnaissance,
les yeux humides. Sensation bizarre et douce
que le plaisir provoqué par cette lecture faite
au milieu de la montagne, dans le plus beau
paysage du monde, sur la longue terrasse qui
donne sur la campagne. Je reste souvent là
jusqu'à dix heures du soir, le regard attaché
sur l'endroit où le soleil vient de disparaître,
muette sous les rayons dorés de la lune, dont

la lumière magique prête une apparence de vie
aux vieilles statues immobiles. Les magnolias
fleuris qui m'enivrent de leurs parfums, les lu-
cioles qui semblent des tourbillons d'étoiles dé-
tachées du ciel, les citronniers et les lauriers-
roses qui dressent leurs bouquets au pied de la
vigne, donnent alors au jardin une apparence
de décor fantastique dans lequel je me sens à
l'aise. Pour comble de bonheur, je ne puis re-
gagner la cellule voûtée où je couche sans traverser de vastes corridors remplis de mauso-
lées étrusques, galeries de marbre sur lequel
mon pas résonne comme celui du Comman-
deur dans le dernier acte de *Don Juan...*

... Je viens de faire une longue promenade
dans la campagne, me reposant de temps en
temps à l'ombre épaisse des chênes, qui, sur
ces hauteurs, croissent pêle-mêle avec les oliviers, dont la verdure, grise comme celle des
saules, forme un contraste si harmonieux et si
pittoresque avec le bleu soutenu des montagnes. Les lézards, pendant ces haltes, fure-

taient autour de moi comme des enfants capricieux, et je n'avais qu'à étendre la main pour
cueillir de jolies fleurs roses dont j'aurais voulu
faire un bouquet pour certaine madone aux
pieds de laquelle j'ai souvent prié. André sif-
flait le chien, je décrochais mon chapeau, et
nous nous dirigions vers l'allée toujours sombre où de vieux hêtres recourbés en forme de
voûte maintenaient une éternelle fraîcheur.
A gauche, l'immense mer profilait sa ligne
bleue derrière des moissons blondes, et, tout
au bout de l'avenue, on apercevait l'oratoire
dédié à Notre-Dame de Pitié, une antique chapelle dont le toit moussu se dérobe sous des
cascades de chèvrefeuille et de roses grimpantes...

Madonna mia!

Sur ma route, j'ai rencontré une paysanne
qui cousait sous un arbre, et j'ai causé avec
elle. Elle était triste, elle venait de perdre son
enfant, un *bel bambino* âgé de vingt-deux mois.
Son histoire racontée, et je vous prie de croire

qu'il y en avait long, elle a voulu savoir pourquoi j'errais ainsi toute seule dans la montagne. Je lui ai répondu que, si je mourais aujourd'hui, personne ne porterait mon deuil. La figure de la paysanne prit une expression étonnée. « Quoi! pas même un *amico?* » me dit-elle d'un ton de compassion profonde.

J'aurais pu lui répondre que je n'avais même pas une patrie. Aurai-je une tombe? Ai-je une histoire? Oui, je crois l'avoir reconnue dans l'étrange poème où le plus grand des poètes modernes décrit l'embarrassante rencontre de l'Ondin et de la Nixe.

« — Mon beau sire, je vous ai reconnu à certaine plante marine qui pendille à votre chapeau.

» — Ma belle demoiselle, vos petites dents pointues trahissent le secret de votre origine. »

Et, là-dessus, adieu. Ils se connaissent trop pour pouvoir jamais s'entendre.

... L'Italie, comme vous le dites fort bien, m'apparaît de plus en plus sous les traits d'une terre enchantée. Et, chose bizarre, je goûte si bien les charmes de cette terre, que je demeure presque indifférente aux œuvres d'art qui font d'elle un immense musée rétrospectif.

Impossible de goûter l'Italie hors de l'Italie. La grande vie simple, large, sincère qu'on y mène, l'aspect de ses nobles paysages, presque toujours éclairés par une lumière sereine; le commerce des beaux êtres sobres qui peuplent cet Éden ; ces hommes chez lesquels le vice, si toutefois ils sont vicieux, atteint rarement la dépravation ; enfin ces naturels pleins de franchise, ces physionomies intelligentes, ces yeux de feu, voilà ce qui m'y plaît et me refroidit à l'égard du monde immobile de la peinture et de la statuaire. Sans doute, je reprendrai de l'intérêt pour tout cela dans un pays où mon regard, moins distrait par l'harmonie des lignes et par la beauté de la couleur, aimera à aller se réfugier sur les belles toiles des maîtres. Ici, je m'explique mieux que jamais le mythe de Galathée, et même je com-

prends comment j'éprouve quelque éloigne-
ment à aller m'enfermer dans des salles peuplées de statues ou d'images, quand je ne puis
regarder autour de moi sans apercevoir des
beautés animées et vivantes.

Vous le voyez, j'ai rencontré une Italie
différente de celle de la plupart des voyageurs; j'ai fait connaissance avec un pays et
avec un peuple; j'ai vu un berceau là où d'autres voient des tombes, le présent où d'autres
envisagent seulement le passé. Oui, quelle différence avec ce petit monde parisien, qui se croit
unique, et dont vous dites si bien que « le pays
de l'esprit est aussi celui où l'on rencontre le
plus de personnes sottes, mesquines et frivoles ».

Savez-vous ce qui me plaît chez les Italiens?
Ils sont trop passionnés pour être frivoles, trop
naïfs pour mentir. Beaucoup de légèreté, peu
de corruption. Ils aiment les titres, les bijoux,
la parure; ils détestent l'hypocrisie, l'affectation et le faux orgueil. On s'explique à coups

6

de couteau entre ennemis, on empoisonne rarement la vie de son adversaire par de petites
rancunes. Riez à votre aise de ce que vous
nommez volontiers mes paradoxes. Mais, là-dessus, mon opinion est faite. A force de voir ce
pays et ce qui s'y passe, on finit non seulement par estimer ses habitants, mais par les
aimer de tout son cœur. Leurs mœurs vio-
lentes n'effrayent plus, et même leurs brigands
(trop réels, hélas!) finissent par paraître presque respectables, si l'on se donne la peine de
les comparer aux élégants malfaiteurs de nos
grandes villes...

XI

TURIN

... Dernièrement, j'ai dû m'arrêter à Turin, par quarante degrés de chaleur et des dispositions d'esprit peu riantes. On ne discute ni les sympathies ni les antipathies. Moi, j'aime la couleur locale, et je l'aime jusqu'à me faire aimer en tel ou tel endroit des gens que je déteste ailleurs. Témoin Jean-Jacques, que j'aime depuis Chambéry jusqu'à Turin, quand il m'a toujours paru odieux à Paris ou bien à Genève. Éternelle faiblesse du cœur humain ! Ce valet, ce *croquant*, comme disent les cléricaux, il me plaît quand je le surprends, prosterné aux pieds de madame de Warens ou baisant la mule de madame Basile. C'est tout naturel.

Tous les romans du monde, toutes les in-
ventions les plus ingénieuses et les plus réus-
sies, rien ne vaut la moindre page détachée
du livre éternellement vrai de l'amour, le *pris
sur nature* de la première entrevue du petit
vagabond Jean-Jacques avec la belle déchue,
la dame des Charmettes, la seule vraie dame
de cœur du triste philosophe dont la prétention fut d'avoir aimé la vertu, et l'honneur,
d'avoir aimé la nature.

Ici, le grand mérite de l'histoire, ce qui
l'élève au rang de chef-d'œuvre, c'est la grâce
du tableau, la vérité du décor qui encadre les
personnages et fait croire que de pareilles scènes
ne peuvent se dérouler dans un autre entourage ni sur un autre théâtre.

Nulle part le xviiie siècle, avec son mélange
de vérité et d'empirisme, de naïveté et d'audace, de futilité et de profondeur, nulle part le
xviiie siècle ne s'est affirmé comme en ce joli
pays savoisien, où les abbés en culottes cour-

tes, les dames à haute coiffure poudrée, les carabiniers costumés comme des gendarmes d'estampes, bref, les gens sérieux, n'ont point honte, de nos jours comme autrefois, de faire cercle autour d'un chien habillé en marquis ou d'une brouette d'enfant traînée par un coq.

Voilà à quoi je pensais en ce jour mémorable, où, suffoquant à la fois de chaleur et de colère, une belle colère indignée et honnête, je quittai mon auberge pour aller me mettre à la recherche d'un endroit abrité et paisible.

Ce qui sied au salon messied au grand air. Les petitesses de l'esprit humain ne me paraissent jamais plus pitoyables et par conséquent moins dignes de courroux que lorsque je me les représente parmi le vaste tableau d'un beau paysage bien éclairé. Le fort qui pille le faible, le rusé qui se sert de son adresse pour tromper l'honnête homme élevé dans la confiance du prochain et dans le respect de soi-même, le superbe dont le nom figure dans les listes des bienfaiteurs publics et qui refuse d'acquitter

6.

une dette d'humanité et d'honneur, eux tous,
oui, tous ces élégants gredins qui pullulent
dans nos salons et se croient spirituels parce
qu'ils se font gloire de n'aimer qu'eux-mêmes,
comme ils disparaissent dans l'immense mouvement de la nature! et comme on sent bien là
la différence entre ce qui est destiné à mourir
et ce qui est destiné à vivre!

Tout en rêvant et songeant de la sorte, encore amère, mais déjà à demi apaisée, j'étais par-
venue jusqu'au Valentino, cet admirable jardin
planté sur les bords du fleuve, jardin plein
de fraîcheur où la lumière vient se briser contre de beaux ombrages et éclairer de larges
pelouses.

Là, je m'étais assise sur un banc, dans une
petite rotonde de verdure qui ressemble à une
salle en plein air. Tout près, sur un banc
voisin, un vieillard et une jeune fille lisaient.
Un cornet de cerises, autour duquel *Scamp,*
mon chien, alla rôder, amena un échange de
paroles.

Le vieillard était un homme d'une soixantaine d'années. Sa douce physionomie fine et mobile m'avait frappée tout de suite. Voyant que je regardais attentivement le petit livre qu'il tenait, il me le tendit en disant :

— *Ceci* ne passe point et contient à peu près tout ce qu'il est nécessaire d'apprendre.

Lui ·comme la jeune personne qu'il appelait sa fille s'exprimaient en bon français. Pourtant, à leur accent, comme à la coupe de leurs figures, je reconnaissais des Italiens.

Le livre, qui n'était point imprimé, se composait d'une collection de feuillets chargés d'une belle écriture fine et ferme. C'étaient des méditations et des sentences inspirées par des textes de l'Évangile.

Je demandai étourdiment au vieillard s'il était protestant.

— Protestants? parce que nous lisons l'Évangile?

Son air étonné me prouva l'absurdité de ma question.

Les rites et les initiations sont l'œuvre du passé. Aujourd'hui, les francs-maçons de l'avenir se reconnaissent à l'accent et au regard. Le sien n'était point celui d'un faux apôtre.

Moi aussi, j'ai voulu vivre et mourir catholique, catholique convaincue et croyante. Or, la confiance naît vite entre coreligionnaires.

Le vieillard me conta son histoire. Il avait aimé son pays, lutté pour lui; il avait été fait prisonnier, il était sorti du cachot pour aller en exil. Là, le proscrit s'était marié, était devenu père. Aujourd'hui, de retour dans son pays après vingt ans d'absence, ayant perdu sa femme, il vivait de quelques leçons et passait le reste de son temps entre sa fille et ses livres.

— Vous avez eu, lui dis-je, le bonheur de conserver votre enfant et de retrouver votre pays libre!

Sa réponse fut calme et digne.

Il n'avait jamais été ce qui s'appelle « malheureux » et n'avait jamais eu, par conséquent, lieu de se plaindre. Son emprisonnement avait été court, son exil adouci par des hommes appartenant à une nation généreuse. La femme qu'il avait choisie avait été la meilleure des compagnes; elle lui avait laissé la meilleure des filles. En somme, il pouvait s'estimer heureux entre tous, et d'autant plus heureux qu'un peu d'eau et de pain, qu'un quartier d'orange et de grenade avaient toujours suffi pour le faire vivre.

Et la belle pâleur fine de son visage correctement dessiné affirmait la vérité de ces paroles naïves.

Rien n'est complet en ce monde. Deux graves soucis le tourmentaient. Et ici il se mit à soupirer. L'avenir de l'Italie, celui de sa fille...

— Vous doutez, répliquai-je, du patriotisme de vos compatriotes? vous vous méfiez de la solidité d'un gouvernement auquel ils doivent d'être un peuple?

Le vieillard eut un hochement de tête. Il répondit qu'il ne doutait pas plus de l'avenir

de l'Italie qu'il ne doutait de celui de la France,
de celui de toutes les autres nations européennes.

— Point de salut, fit-il, où règnent l'incrédu-
lité et l'égoïsme.

— Alors, repris-je, la plupart des nations
et des individus sont bien malades...

Le vieillard eut un sourire.

— Entendons-nous, fit-il. Je ne donne point
le beau nom sublime de chrétien catholique à
qui se contente de communier et de suivre la
procession aux jours de grande fête.

Ici, sa fille le regarda, comme inquiète.

— Les femmes, reprit le vieillard, ont toujours peur. Elles veulent bien parler, mais non
nous laisser parler. Celle-ci est comme était sa
mère pour son mari, un peu bien raisonnable
pour son écervelé de père...

Il s'arrêta, ajoutant qu'elle avait raison en
un sens : il fallait respecter les convictions
d'autrui lorsqu'elles étaient sincères et pouvaient contribuer à son bonheur.

Je ne sais point feindre : le jour même, j'avais longtemps et amèrement réfléchi sur moi-même; je m'étais demandé pourquoi l'espèce d'agitation amenée chez moi par le besoin de croire aboutissait à la désolation et au vide. L'image de ceux que la mort m'avait enlevés et que je ne reverrais plus venait accroître mes angoisses.

Je joignis les mains et regardai le vieillard.

— Parlez, lui dis-je, parlez, si vous avez quelque chose de consolant à m'apprendre.

Le père et la fille me regardèrent d'un air profondément compatissant. Il y eut un de ces silences graves comme il s'en fait quelquefois à l'église, entre deux fonctions religieuses. Puis le vieillard reprit la parole.

—Ce qui nous console, dit-il, pourra ne point vous consoler. Votre éducation diffère de la nôtre. Nous sommes des bourgeois élevés dans des idées bourgeoises. Vous, cela se devine tout de suite, vous appartenez à un monde différent, un monde qui vous a nécessairement et dès le berceau communiqué ses préjugés et ses scrupules. La preuve, c'est que vous vous croyez des droits au bonheur, c'est que ayant l'intelligence qui permet de jouir et de comprendre, vous prétendez encore à un appui immédiat et surnaturel...

Le soupir qui s'échappa de ma poitrine, les larmes qui baignaient mes yeux lui montrèrent combien il m'avait attristée.

Il consentit à me communiquer les quelques idées philosophiques qui, disait-il, avaient suffi à assurer le repos de sa vie ; en voici le résumé, tel que je me suis empressée de l'écrire le soir même de cette singulière rencontre :

ESQUISSE D'UNE PHILOSOPHIE

1° L'esprit est un composé de fluides vitaux qui s'évaporent de notre dépouille mortelle et se répandent ensuite dans l'espace pour y obéir à la loi préposée à la reconstruction des esprits. Ainsi, du grain de froment abandonné à la terre s'élance le germe d'où nombre de nouveaux germes surgissent sous la forme d'un épi.

2° Le vieillard ou l'infirme qui respire cet air chargé de principes vitaux, et par conséquent vivifiants, y puise la science qui fortifie et console; l'adolescent, les vastes espérances et le besoin d'aimer; l'homme fait, les forces génératrices par lesquelles l'espèce humaine se perpétue.

3° Les fluides vitaux qui s'évaporent du cadavre du méchant se purifient par leur contact avec les autres fluides répandus dans l'air. L'âme qui se corrompt accidentellement par la force des circonstances ou par la faiblesse du jugement qui engendre les sophismes ne naît point vicieuse. La méchanceté est une maladie.

4° Les animaux possèdent des âmes imparfaites. Ils sont inconscients, parce qu'ils engendrent inconsciemment.

DE LA RELIGION

1° Toute croyance vraie doit découler d'une loi morale. Une croyance dont l'origine repose simplement sur des principes arbitraires devient une hérésie ou une erreur. Témoin le protestantisme, qui cesse d'être une religion pour devenir une secte.

2° La satisfaction égoïste des penchants humains a créé le paganisme, où chaque divinité représente l'emploi d'une force.

L'idée chrétienne se révèle sous les traits et par le symbole d'un Dieu qui s'est fait homme pour pouvoir s'offrir en holocauste, afin de satisfaire aux lois éternelles de la justice, qui condamnait l'humanité corrompue et déchue.

C'est un progrès sur l'idée païenne, qui n'admettait point le principe de la liberté individuelle, ni par conséquent la nécessité d'une loi d'amour.

3° Toute idée assez générale et assez puissante pour mériter de passer à l'état de croyance

religieuse doit nécessairement revêtir une forme
extérieure et sensible.

Autrement elle rentre dans le domaine de la
philosophie pure et n'est accessible qu'aux
âmes ou plutôt aux intelligences supérieures.
Ce dernier état de l'idée religieuse est peut être
le plus parfait et celui vers lequel l'humanité
actuelle tend et aspire à travers la confusion des
doctrines. Tout le monde sera bon et religieux
lorsque chacun comprendra qu'il ne saurait
prétendre à l'amour s'il ne possède l'amour.

4° La grande fin de l'idée chrétienne est donc
sans doute de pacifier les hommes et de rétablir dans leur âme le sentiment de la fraternité
et celui de la justice. Mais cette idée a fini par
s'effacer sous l'enchevêtrement des cérémonies
et des dogmes institués sous l'impression persis-
tante de la religion païenne, religion qui était
à la fois une philosophie et un spectacle. La
superstition, qui est l'emploi mal dirigé de certaines forces naturelles dont le secret nous
échappe, a succédé à la foi. Et le choc de ces

superstitions favorables à l'esprit clérical avec
les doctrines fondées sur les enseignements
dus aux sciences naturelles et les interpréta-
tions des philosophes matérialistes, engendre
les malentendus formidables sous lesquels le
sens moral se dénature et s'altère.

Une réforme *totale* dans le système de l'instruction publique peut seule le régénérer. La
lumière, c'est-à-dire l'idée de la justice, pénétrant dans des esprits aujourd'hui avilis par
l'ignorance, les élévera peu à peu à la conception du beau, par laquelle l'âme s'agrandit et
s'épure. Grâce à cette conception, l'inégalité
choquante qui subsiste entre les conditions
humaines disparaîtra, disparaîtra en ce *sens
seul* que quiconque possédera l'intelligence
nécessaire pour s'élever, s'élèvera. L'ouvrier
deviendra tout naturellement un artiste, et le
capitaliste, comprenant l'accroissement d'une
puissance capable de contre-balancer la sienne,
c'est-à-dire celle de l'argent, ne craindra plus
d'associer ses intérêts à ceux du prolétaire.

Je restai pensive, lorsque le vieillard eût cessé de parler.

— Pourquoi le sentiment de la conservation, et par conséquent celui de l'immortalité, est-il si puissant chez l'homme, si la nature est hors d'état de le satisfaire ? Pourquoi cette tendance incessante vers le bonheur, si elle vaine ? Pourquoi cette inégalité cruelle et qui provoque le mal ?

Le vieillard me regarda d'un air de surprise presque indignée.

— Vous ne comptez donc pour rien la jouissance de ce beau ciel, de ce radieux soleil, de cette magnifique nature ? La nature, notre mère; la nature, le seul et vrai principe de notre vie, de notre éternité, de nos joies; la nature, dispensatrice de tous ces biens dont l'égoïsme ne saurait nous priver? Quoi! l'air, la liberté, le soleil, vous-même impérissable au milieu d'un univers impérissable, tout cela ne vous suffit point? Que voulez-vous donc de plus, si ce n'est toujours jouir et jamais souf-

frir, c'est-à-dire l'impossible? ou bien souhaitez-
vous un monde pour vous seule, un monde
rempli d'êtres créés pour satisfaire et vos goûts
d'un moment, et vos caprices futiles, et vos in-
clinations passagères?

Il se tut, et je n'osai répondre. Depuis
Platon, on a cessé de discuter avec les sages.

XII

NAPLES

Pourquoi ne point m'écrire ? J'ai le cœur serré ; j'espérais un mot à mon retour de Pompéi, où je suis allée seule.

J'ai vu Ostia ; ce n'est rien comparé à Pompéi. Comme ces anciens comprenaient la vie domestique ! Quel luxe bien entendu dans la construction de ces jolies maisons dont chacune semble faite pour héberger une divinité ! quelle élégance, quelle grâce dans les peintures dont ils décoraient leur demeure ! Le talent décoratif touche, chez eux, au génie, et produit des effets d'une originalité saisissante. Si je ne me trompe, c'est de la peinture à l'encaustique.

Quoi qu'il en soit, c'est délicieux. Dans une chambre qui doit avoir servi de boudoir, des médaillons et des arabesques clairs sur fond noir satiné reproduisent de jolies allégories et des emblèmes mythologiques. Le jardin antique, avec ses colonnes, ses galeries et ses terrasses marmoréennes, est figuré par de petits paysages de forme ovale. D'autres fresques représentent des dames qui se font peigner ou peindre. Ailleurs, de somptueuses draperies, des portiques superbes font valoir de nobles motifs d'architecture derrière lesquels on devine des suites d'escaliers à la Paul Véronèse. L'art de la perspective n'était certainement pas inconnu des anciens. Mais ils excellent dans celui de draper solennellement de belles étoffes. Personne n'a compris comme eux la majesté royale du grand rideau de pourpre venant glisser entre des anneaux d'or. Nulle tenture n'a jamais valu ces splendeurs d'une allure que j'appellerais volontiers héroïque. Et, quand on cesse un moment de regarder ces

peintures pour reporter sa vue sur les nobles
montagnes qui surplombent les ruines de la
ville, on devine la charpente de la montagne
sous les plis de la draperie peinte, et l'on
s'explique l'ampleur du sentiment qui a guidé
le peintre.

Pour moi, la forme de la montagne italienne
a créé celle de la draperie italienne. Mêmes
contours majestueux, même style large et am-
ple. Et que de modernes devenus célèbres ont
vécu sur Pompéi ! Hamon tout le premier ;
mais il ne va pas à la cheville de ses modèles.

Ce que j'admire surtout en eux, c'est leur
imagination riante, c'est l'insouciance qui respire dans leurs œuvres. Partout des groupes
d'Amours, de musiciens, de danseuses font
pendant à des scènes mythologiques et nous
transportent au sein même de la vie antique.
Vraiment les anciens traversaient la vie non
pas comme nous à pied, sur le gros pavé
du devoir et des affaires, mais mollement
flottants sur un nuage de forme gracieuse où

leur belle imagination sereine voyait se refléter
les plus charmantes divinités de l'Olympe.
A bas, à bas notre civilisation moderne, si
mesquine et si fausse! et vive le triclinium!
vive l'époque heureuse où, pour quelques esclaves de plus, on rencontrait moins de pauvres!

Les pauvres, ils sont bien nombreux à Naples, et l'on ne saurait faire un pas sans se voir
assailli par une troupe de mendiants qui essayent d'inspirer la compassion en étalant des
infirmités dégoûtantes.

Où donc est la police? Je n'ai pas encore
aperçu l'ombre d'un sergent de ville. Sauf les
quais, qui sont beaux, la ville est sombre, triste,
sale, et les balcons sont recouverts du linge de
la maison, qui y sèche. Ce n'est plus la misère
pittoresque des quartiers pauvres de Rome;
c'est la fange des gens qui sont malpropres
parce qu'il leur en coûterait de prendre des habitudes convenables. Une loque opposée à une
bannière. Il faut en convenir : la population

prise en masse n'est point aimable. Exigences
outrées , avidité incomparable. Les cochers
sont assommants. Quand ils se montrent par
trop pillards, je me borne à leur dire : « Je
connais les prix ; je ne suis pas une imbécile. »
Ils se mettent alors à rire et deviennent tout
de suite polis. Je suis convaincue que tout
est dans la manière de prendre les gens. Ici,
il en est peu de vraiment méchants, ils sont
surtout avides. L'homme qui possède, l'homme
intelligent et par conséquent puissant sait ou
veut si peu se mettre à la place de celui qui
par position et par naissance ne peut rien atteindre !

Pauvres coquins ! L'autre jour, l'un d'eux
me disait très tranquillement : — *La signora
voglie fare al modo sua* (ou quelque chose
d'approchant). Sur quoi j'ai répondu : — *Si,
sicuro, sempre al mio modo.* Cette phrase, dite
d'un ton doux et en riant, a désarmé l'homme.
Il m'a cédé, a souri ; puis, voyant qu'il me
cédait, je me suis naturellement montrée géné-

reuse. Ce qui m'a valu mille bénédictions de
sa part.

Hélas ! comment peut-on s'aimer assez peu
soi-même pour se priver des bénédictions d'une
créature humaine. Moi, je tiens à l'affection et
à la reconnaissance d'un chien. Et puis ils paraissent si misérables, ces pauvres Napolitains !
Par exemple, d'une brutalité inouïe. L'autre
jour, je passe dans une rue fréquentée. Il y
avait un rassemblement. « Qu'y a-t-il ? » demandai-je. Le cocher se mit à rire. « Madame,
c'est un petit garçon qu'on vient d'assommer.
Il agaçait ce gros homme que les agents de
police emmènent. »

Les hommes m'ont généralement paru in-
signifiants, mais les femmes m'ont frappée
par leur beauté. Celles du peuple ont l'air vicieux et violent. Nous avons ici à l'hôtel une
petite blanchisseuse de quatorze à quinze ans
qui est bien la plus belle des filles avec ses
yeux sauvages et ses magnifiques cheveux
noirs bouclés qui sautillent autour de son vi-

sage comme des serpents autour d'une tête de
Méduse. Cela ne sait ni lire ni compter, mais,
en revanche, une effronterie de femme faite.
N'est-ce pas une horreur que de l'envoyer
seule dans des chambres habitées par des
hommes? Et faut-il supposer que cela se fait
avec l'assentiment de la maîtresse de l'hôtel,
une jolie femme mariée et toute jeune?

... Est-ce tristesse, mauvaise humeur? Naples m'ennuie, malgré le panorama magnifique
qui s'étale devant mes yeux. Il est vrai que
par un jour de pluie et de brouillard comme
celui-ci... Car remarquez qu'il fait du brouillard à Naples. Mais, quand il n'en fait point,
c'est-à-dire lorsqu'on y voit clair, c'est dur
et cru comme une estampe coloriée. Du rose,
du bleu, de l'orange et du noir. Le décor
de *la Muette*, au grand Opéra. Vous voulez
des descriptions? Essayez de vous figurer
quelque chose d'absurde comme végétation
et comme construction, des haies d'aloès et
de cactus gigantesques, des villas qui font

songer à des temples grecs, des jardins remplis de palmiers, des orangers gros comme des chênes, des citronniers dont les fruits d'un jaune éclatant semblent illuminer l'épaisse verdure. Est-ce beau ? est-ce laid ? C'est brutal comme le caractère des Napolitains, qui s'embrochent réciproquement à la moindre querelle. En somme, je suppose que Naples me plaira mieux vu à distance et quand j'aurai cessé de voir la pointe du cap Misène coiffé du turban de Corinne...

... Ma soirée d'hier a été l'une des plus étranges et des plus pleines depuis celles de Pérouse. Depuis deux jours, je suis souffrante, et le temps est horrible. Pluie, vent, tempête. Ces ouragans me plaisent. Après avoir écrit une partie de la journée, j'avais profité d'un rayon de soleil pour marcher un peu. J'étais allée la veille aux courses, par un temps magnifique.

Le roi, sa famille, toute l'aristocratie napolitaine assistaient à cette fête, et les yeux étaient éblouis par un fourmillement de toilettes aux couleurs douces. Ces beaux visages fiers et pâles s'encadraient dans des voiles vaporeux; des tuniques d'anciennes dentelles et de riches bro-deries recouvraient des jupes de satin ou de taffetas couleur d'ivoire, bleu paon ou rose pâle. L'âme de la fête était, comme toujours, le laid et sympathique Victor-Emmanuel. Ayant trop chaud, car la chaleur était suffocante, j'ai quitté le champ des courses pour me rendre à Capodimonte, une propriété royale d'où le regard embrasse un panorama merveilleux. Le roi réside rarement dans la villa, dont la plupart des salles sont converties en musée; musée ta-pissé, soit dit en passant, d'affreuses croûtes mises là sous prétexte de tableaux d'histoire.

Çà et là, un joli portrait peint par madame Vigée Le Brun, un paysage passable. J'ai décou-vert une perle : un effet de glace avec diligence par *Nittis*, que je ne savais pas Napolitain et dont vous vous rappelez probablement l'autre diligence ensoleillée et jaune de l'exposition de

1873. « Faut de la vertu, pas trop n'en faut. »
On pourrait, avec une légère variante, appliquer le dicton aux diligences de Nittis.

Détail personnel : les murs, les dalles de
marbre donnent une fraîcheur bien dangereuse
pour les fiévreux comme moi. Au dehors, une
fournaise ; à l'intérieur, une glacière. Il faut
être très robuste pour résister à ces change-
ments subits de température.

J'étais fort triste hier. Je quittais P..., c'est-
à-dire un centre d'affections et de tendresses,
pour un pays où je ne connais personne. A
Naples, je n'ai qu'une tombe, celle d'un ami
enterré au cimetière de cette ville.

La première et seule visite que j'ai faite ici
a été pour ce mort, dont la mémoire m'est
restée douce. Dès le lendemain de mon arrivée,
je me suis fait conduire au *campo-santo*, ce
beau campo-santo qui ressemble à un jardin
suspendu au-dessus de la mer. Le gardien qui
me guidait, un jeune homme à physionomie
intelligente, m'a aidée à retrouver l'endroit où

les restes de mon ami reposent. O vanité des choses humaines ! Cette vie, cette force, cette activité débordantes aboutissant au silence éternel ! Je me suis prosternée, j'ai prié et j'ai pleuré. Le gardien avait retiré son képi. Voyant que je me disposais à m'en retourner, il m'adressa la parole.

« Madame, me dit-il, celui-là aussi rêvait l'indépendance de l'Italie. » Un unique bouton de rose s'épanouissait dans le petit jardin qui entoure la tombe. Le jeune homme vit que je regardais la rose et étendit la main pour la cueillir. « Emportez la *fiorina*, madame, » me dit-il d'un ton grave et singulier. Je laissai faire le gardien ; je pris la rose, pensant que ce don du mort à la vivante me porterait bonheur.

Le lendemain, un dimanche, j'ai dîné à table d'hôte entre un monsieur russe qui avait une figure de Cosaque et deux vieilles demoiselles belges qui buvaient de l'eau et n'en étaient pas moins rouges. Plusieurs jeunes mariés en voyage de noces ; parmi ceux-là, un couple

remarquable par sa laideur. Danois ou Suédois,
si je ne me trompe. Tout jeunes, à eux deux
quarante ans à peine. Mais quelles figures et
quelles allures ! Le mari, un petit blondin fadasse, portait un soupçon de barbe de bouc au-
dessous d'un visage incolore. La femme, qui
louchait, était violette et poussait son mari du
coude pour lui faire remarquer ce qui se disait
à table. Bref, des Iroquois. L'un et l'autre buvaient du thé en mangeant, ce qui ne les empêchait pas d'absorber bon nombre de verres
de vin pur, un vin du cru excessivement ca-
piteux et dont il faut, par conséquent, se mé-
fier. J'allais oublier une petite chanoinesse de
Weimar qui brille par des effets de binocle,
et plusieurs Anglaises dont l'une, gigantesque, possède un tout petit mari, un véritable
mari de poche. Ces derniers, quoique grotesques, sont intelligents et polis, et se sentent
assez grands seigneurs pour pouvoir se permettre de me saluer, de me parler en un lieu
où, hormis les gens de l'hôtel, personne ne me

salue ni ne me parle. Ici, j'effraye, parce que,
tout en parlant facilement plusieurs langues,
tout en ayant l'air d'une personne du monde, on
me rencontre constamment seule ; ce sentiment
de méfiance s'est encore accru depuis le jour où
je me suis mise au piano pour accompagner un
monsieur allemand qui se mourait d'envie de
braire devant la chanoinesse et n'a pas même
jugé à propos de me remercier. Il paraît que je
sens le fagot. Pourtant j'ai un protecteur, celui
des garçons de service qui m'appelle *signora
contessa,* et, si je ne me trompe, médite un
projet de rapprochement entre moi et le boyard.
Mais cela n'a pas l'air de vouloir mordre sur le
boyard, et je ne l'en estime que mieux.

J'en reviens à ma soirée d'hier, après une
courte promenade aux Tuileries de Naples,
le jardin de Villa-Reale. Le jardin, décoré de
statues et de petites loggias en forme de
temples grecs, est dessiné dans le pur goût
italien et s'allonge sur les bords de la Méditerranée. La musique militaire s'y fait entendre

tous les jours à l'heure de la promenade.
D'ailleurs, abondance de bosquets sombres,
d'allées mystérieuses. C'est le lieu consacré
aux rendez-vous amoureux, aux coquetteries
de tout genre, et même de mauvais genre, aux
jeux des enfants, qui viennent là danser aux
sons de la musique, s'ils sont Italiens, ou
sauter à la corde, s'ils appartiennent à une
famille étrangère. Les institutrices de tout
pays, mais de préférence anglaises et allemandes, profitent de l'occasion pour médire
ensemble de leur dame, et les belles nourrices
napolitaines étalent, dans la pourpre ou l'azur
de leurs costumes brodés d'argent et d'or, la
richesse de la famille à laquelle elles appartiennent. De beaux dandys, non des *gommeux*, des
dandys de la vraie race des d'Orsay et des Brum-
mel, d'admirables jeunes filles aux tailles sveltes
et souples, aux yeux de magiciennes, des Allemandes étonnantes, des Anglaises à la hussarde,
rarement *lady-like*, des Russes souvent laides,
mais toujours armées de leur charme d'Asia-

tiques, de ce je ne sais quoi d'irrésistible qui jette un sort et fait aimer quand même...

Je l'ai dit. Point de gommeux, seulement des hommes un peu trop occupés de leur personne et de l'effet qu'elle pourra produire. Avant tout et par-dessus tout, l'Italien cherche à plaire, et à plaire aux femmes.

— Pourquoi vous faire si beau pour venir ici? disais-je un soir à Jacques.

— Être le moins mal possible quand on se présente chez une femme, n'est-ce point là un devoir? me répondit-il.

Je sortais donc de là, c'est-à-dire du jardin de Villa-Reale, et je me disposais à rentrer chez moi quand la pluie commença à tomber. J'étais triste, et, détail absurde, doublement attristée par la naïve impertinence d'un monsieur qui, probablement surpris et impatienté de me rencontrer toujours seule, s'approcha de moi pour me dire : — *Perchè sempre sola?* J'aurais dû rire ; je me mis à pleurer, me disant que ce fou m'avait devinée.

La tempête s'élevait, la mer mugissait; je suis rentrée, songeant à cette autre mer qui baigne les côtes de Villers, et puis encore à cette autre mer qui s'étend, pareille à l'image de l'infini, devant les fenêtres du château de V... Peu à peu, la nuit se fit, très lugubre. J'allumai une cigarette, je me mis à fumer sur le balcon, suivant des yeux les efforts insensés de cette Méditerranée, dont les lames blanches d'écume et comme furieuses venaient déferler et se briser à mes pieds avec des grondements sinistres. Je me suis enivrée de ce bruit violent : j'y retrouvais comme un écho de ce qui gémissait au dedans de moi-même, et j'ai quitté le balcon pour aller pleurer silencieusement dans mon fauteuil.

Comme j'ai pleuré! Et que d'images différentes sous ces larmes consacrées aux souvenirs du passé! Sauf ma mère, je n'y apercevais pourtant déjà plus bien distinctement que Lui. Je me rappelais ses paroles si douces et si tendres; je me disais que mon départ avait été une fuite ; que, si j'avais voulu rester, j'aurais peut-être, cette fois, rencontré le bonheur. Mais ce bonheur, je ne pouvais le saisir ; il me semble que c'eût été le voler...

Et je suis de nouveau partie, j'ai de nouveau recommencé à errer à travers ce monde où je ne sais quelle volonté mystérieuse m'a lancée en un jour de caprice, me demandant pourquoi, me trouvant destinée à l'abandon, on m'a tant aimée, et pourquoi, partout où je passe, on m'aime tant encore... Ma mère me disait un jour : « Toute autre, à ta place, eût conquis vingt fortunes. » Hélas ! quand on manque de chance...

Eh bien, ce déluge de larmes, cette violente tempête intérieure qui semblait correspondre aux colères déchaînées dans le ciel, m'ont calmée. J'ai senti que la douleur avait sa volupté, comme la tempête a sa grandeur ; que la tristesse d'un ciel couvert faisait mieux aimer le rayonnement des astres ; que l'habitude de la souffrance accroissait l'intensité des

sensations douces. Enfin, j'ai cru comprendre
la grande loi qui règle la machine universelle,
j'ai compris que l'homme ne pouvait demander à la fois à la vie l'enivrement des émotions dangereuses et les douceurs d'un bonheur
paisible. Le tourbillon ou le calme, il faut
choisir. Ou plutôt il faut se laisser faire. Comment résister au tourbillon lorsqu'il vous saisit
et vous emporte au passage? Autant demander
de la résistance au brin de plume arraché à
l'aile de l'oiseau ou bien à la feuille tombée
de l'arbre...

HISTORIETTES

I

SANCTA MAGDALENA, ORA PRO NOBIS!

Elle a environ quarante ans et le degré
d'embonpoint qui sied aux femmes de cet âge.
La taille est moyenne et remarquablement élégante. Sauf le tour des yeux, qui est un peu
fané, son visage est resté jeune. Les lèvres
sont vermeilles, les dents blanches; les cheveux châtains et très soyeux ondulent légèrement vers les tempes. Ses traits sont irrégu-
liers, mais fins; elle a de beaux yeux, un
regard doux et franc comme celui d'un artiste.

Elle est artiste par l'esprit et par les nerfs.
D'ailleurs, arrogante et capricieuse; par mo-

ments, le monde lui plaît, et elle le recherche. D'autres fois, elle le fuit, le trouvant insignifiant, rabâcheur. Je l'ai connue jadis très violente, très paradoxale; mais l'habitude de la vie l'a calmée et assouplie. Maintenant, ayant à peu près tout vu et tout connu, ayant demandé au monde et obtenu de lui tout ce qu'une femme de cette valeur peut lui demander et en obtenir, elle a l'air de s'en détourner et de devenir indifférente à ce qui lui plaisait jadis. Regrette-t-elle quelque chose, nourrit-elle un dépit secret contre quelqu'un? Avec un pareil caractère, tout est possible, même l'impossible. Depuis quelque temps, s'ennuyant chez elle, elle voyage. Cet hiver, elle est venue à Rome, non pas, dit-elle, pour s'éprendre d'un Apollon manchot ou même raccommodé, mais pour voir un vrai soleil et des vivants véritables : beau raisonnement en vertu duquel elle recherche l'ombre et les endroits solitaires. Hier, la rencontrant sous les ombrages des jardins Borghèse, je vis qu'elle broyait du noir et me mis à l'interroger; mes plaisanteries la firent rire et même, ma foi, un peu rougir. Il me sembla qu'elle se mourait d'envie de me raconter quelque chose. Je la laissai venir, lui demandant simplement si son histoire contenait de la couleur locale; elle fit un signe de tête affirmatif et ne tarda pas à entamer le récit de la scène qui l'avait frappée la veille.

— Vous savez que j'ai passé l'été en Bretagne : un beau pays, quoique beau dans le genre brumeux et triste. L'inconvénient de ces pays-là, c'est de vous donner des névralgies dans la tête et même au cœur. Faute d'y voir très clair et de découvrir des horizons très vastes, comme dirait feu M. de Lamartine, on s'absorbe à contempler des choses qui n'en valent pas la peine. En d'autres mots, on pense trop à soi, et même, peut-être, un peu trop à autrui. Ici, sous cet éclatant soleil, c'est différent : on pense très peu à soi-même et encore moins aux autres. Ordinairement, cela me convient fort; mais on a ses caprices : hier, par

exemple, j'aurais souhaité un jour de pluie.
Cette magnifique lumière, venant tomber
d'aplomb sur mes chiennes de rides, m'agaçait
au suprème degré. — Les hommes ne connaissent pas cet agrément-là... — Pour en
revenir à mon histoire, je monte en voiture,
j'indique au hasard le nom d'une église : Saint-
Pierre de Montorio. Le chemin qui y conduit
est superbe, un vrai panorama. Ce n'était pas
mon affaire. Par bonheur, il faisait presque nuit
dans l'église : j'y rencontrai un vieux cardinal
plus qu'à moitié paralysé et qui, la tête bran-
lante, marmottait des prières en compagnie des
personnes de sa suite. Cette suite se composait
d'un domestique, d'un aumônier et d'un moine.
Le capucin lisait son bréviaire, appuyé contre
un pilier ; l'aumônier priait, agenouillé derrière
le cardinal, et le domestique, qui avait de
grosses moustaches noires et l'air d'un marchand d'orviétan, s'efforçait, secouru par l'aumônier, de relever son maître après chacune
des stations que celui-ci accomplissait d'autel

en autel. Après sa dernière génuflexion, le cardinal s'achemina vers la porte et salua galamment la statue de la Vierge; puis il se mit à rire et adressa des plaisanteries enfantines au capucin, qui lui présentait l'eau bénite.

» Je remontai en voiture, demandant au cocher de me conduire à une autre église, celle-là même où l'on conserve les chaînes de Saint-Pierre et qui, toujours d'après la légende, a été construite sur l'emplacement de son cachot. Mais vous connaissez mieux que moi cette vaste église, qui renferme, entre autres curiosités, l'un des chefs-d'œuvre de Michel-Ange : son *Moïse*. Chef-d'œuvre tant que vous voudrez; pour le moment, ce Moïse me déplut, et je lui trouvai l'air d'un bouc. Je préférai m'arrêter auprès de la petite chapelle rayonnante de lumières, où l'on voit une image miraculeuse de sainte Madeleine. Les fleurs et les guirlandes, les cœurs d'argent et d'or, les chapelets de coquillages et de perles, mêlés au clinquant et aux belles étoffes, prouvent combien on l'aime en ce pays et quels services nombreux on vient lui demander. Tout en réfléchissant aux mérites de cette sainte, je me promenais dans l'église, qui était absolument déserte et déjà un peu sombre. Une porte ouverte donnait sur une petite sacristie décorée avec goût et dont le plafond voûté me parut revêtu de jolies peintures. Un prêtre priait là, agenouillé devant une image de la madone; comme j'allais me retirer, il se releva et m'adressa la parole. C'était un tout jeune homme; il ne me parut pas beau et me frappa simplement par son air de politesse discrète et de douceur fière. Voyant que je comprenais très imparfaitement l'italien, il se mit à parler français et fixa mon attention sur les fresques du plafond, qui, disait-il, lui paraissaient très jolies, et avaient été copiées d'après d'anciennes peintures. Ensuite, il me témoigna son regret de ne pouvoir me montrer les chaînes de saint Pierre, ajoutant qu'elles étaient seulement visibles une fois par semaine, et, en revanche, me

proposa de me montrer quelques tableaux sus-
pendus dans la pièce voisine. Outre deux ou
trois toiles d'un mérite secondaire, cette pièce
contient un très beau tableau du Dominiquin
et un autre petit tableau qui représente une
jeune et jolie femme souriant à une nichée de
beaux enfants. Mon guide, qui paraissait s'arrêter avec complaisance devant ce dernier
tableau, m'apprit qu'il était de Jules Romain
et représentait ce que les Italiens nomment une
Pietà.

» D'ordinaire, je n'aime pas beaucoup Jules
Romain ; pourtant, cette fois, je partageai tout
à fait le sentiment de mon guide. Le noble
maintien et le beau regard sérieux de cette ravissante femme, à la fois si femme et si mère,
me parurent parfaitement rendus et me frap-
pèrent par cette sorte de grâce patricienne
et de douceur grave que l'on remarque chez
certaines dames de l'aristocratie romaine. Jusque-là, mon guide s'était abstenu de parler ;
mais, voyant que le tableau me plaisait, il

proféra un cri d'admiration et d'enthousiasme :

» — N'est-ce pas, comme elle est belle !
comme elle a l'air d'une femme bonne et simple ! fit-il.

» L'obscurité qui régnait dans l'autre pièce
m'avait empêchée de voir si mon jeune prêtre
était bien ou mal; cette fois, l'ayant mieux re-
gardé, je vis qu'il avait des yeux très intelligents
et une physionomie charmante. Ce qu'il venait
de dire était, d'ailleurs, si juste et s'appliquait si
bien à la figure de la jeune femme, que je fus
prise, je l'avoue, d'une curiosité très vive à
l'endroit de mon guide. J'aurais voulu pouvoir
causer plus longuement avec lui; malheureusement le jour baissait, et, faut-il le dire, j'éprou-
vais une sorte d'embarras ridicule en pensant
que l'on pourrait nous surprendre. Je me re-
tirai donc, toujours suivie de mon prêtre. Nous
étions rentrés dans l'église, et, comme nous
passions devant le fameux *Moïse*, mon guide
s'arrêta pour me faire remarquer la justesse des
proportions et la vigueur héroïque des for-

mes. Il me sembla qu'il saisissait volontiers
l'occasion de me retenir encore; mais, enfin,
on y voyait à peine, et à moins de coucher dans
l'église, ce qui, en Italie, n'est permis qu'aux
morts...

» Je tournai définitivement le dos au *Moïse*,
non sans adresser quelques mots de remer-
ciements à mon guide. Il crut que je le congé-
diais et s'arrêta net; mais son regard, attaché
sur le mien, semblait contenir une prière. Je
m'arrêtai à mon tour, ne voulant pas paraître
impolie; lui, cependant, semblait chercher une
phrase dont il ne savait comment se tirer. Il
vit que j'attendais et rougit un peu. Enfin, il se
décida à parler.

» — Pardon, madame, dit-il, je voulais simplement vous rappeler le jour où vous pourriez
demander à voir les chaînes de saint Pierre !

» Là-dessus, il s'inclina profondément et ne
bougea plus. »

Sur ces mots, elle s'arrêta et tourmenta le
sable du bout de son ombrelle.

— Eh bien, irez-vous voir les chaînes de saint Pierre? lui demandai-je, lui faisant observer que son histoire manquait de conclusion.

Elle se mit à rire de ce rire nerveux qui décèle, chez elle, des émotions fortes; puis, se mettant à parler très vite et d'une manière très saccadée :

— La fin, dit-elle, la voici; mais promettez-moi de ne point faire de mauvaises plaisanteries. Comme je vous le disais, j'avais donc pris congé de mon prêtre quand il me sembla, tout à coup, l'entendre de nouveau marcher derrière moi. Je me trompe peut-être; j'ai peut-être entendu l'écho de mes propres pas. Quoi qu'il en soit, j'ai eu peur. De quoi? Je n'en sais rien; mais enfin j'ai eu peur. Justement je passais auprès de la petite chapelle dont je vous ai parlé tout à l'heure. Mon cœur battait horriblement; sans me rendre compte de ce que je faisais, je me prosternai devant l'image de la sainte et la regardai avec angoisse. Je prêtai de nouveau l'oreille, et, cette fois, n'entendis plus rien.

Je voulus voir s'il était encore là. L'église paraissait déserte; seulement, vers le milieu de la nef, j'aperçus une longue forme noire qui planait à travers l'obscurité comme si celle-ci lui eût prêté des ailes... »

Je suis un vieil ami; j'ai, par conséquent, le droit de la ramener à la simplicité et au bon sens quand elle s'en écarte.

— Voulez-vous savoir la moralité de votre histoire? lui demandai-je.

Elle me regarda d'un air un peu effrayé, comme si elle se fût doutée de ce qui allait venir. Je feignis de regarder si personne ne nous écoutait; puis, baissant la voix, je m'approchai d'elle et je la regardai en face.

— C'est que c'est délicat, ce que j'ai à vous dire. Diable! comment vais-je m'y prendre? Bah! vous me comprendrez à demi-mot. Tenez, je crois que j'ai trouvé. Et pardon si je suis un peu brutal, mais c'est pour votre bien. Votre histoire est jolie; mais voyez un peu ce qu'elle devient si vous mettez un costume laïque à votre prêtre, ou si vous vous transformez vous-même en jeune fille... C'est triste, ma chère, mais c'est ainsi. Vous n'y pouvez rien changer.

Elle resta muette et baissa la tête. Je crois qu'elle essaya de sourire, tout en refoulant une grosse larme. Pauvre petite femme! si bonne et si aimable, si simple et si charmante! comme disait son prêtre, à propos de la *Pietà*. Il m'a semblé qu'elle faisait son propre portrait, en décrivant cette image. Au fond, je la trouve certainement bien digne de pitié et bien inté-ressante. Et puis pourquoi être tenue d'être vieille quand on a si bien le droit d'être jeune? J'avoue que j'ai aussi un faible pour son petit prêtre romain. Au fait, pourquoi ne s'aime-raient-ils pas?

FANTAISIE ROMAINE

Pierre X... fait son voyage d'Italie ; il le fallait bien. Depuis dix ans, c'est-à-dire depuis qu'il est libre de faire ce qu'il veut, ses amis jugent à propos de lui infliger une torture que j'appellerais volontiers la *scie classique.* « Ne point connaître l'Italie, c'était honteux. Tout le monde avait vu l'Italie, et, pour un homme qui aime les arts, qui a le goût des belles choses, le Louvre, le Luxembourg, cela a bien son mérite, mais enfin ce n'est rien comparé à ce qu'on voit là-bas. Des collections d'une richesse, des trésors incomparables... Et tout cela éclairé par un soleil, animé par une lu-

mière..., des marbres qui vivent, des peintures
qui respirent..., le vrai souffle de l'antiquité,
le meilleur moyen de se familiariser avec les
chefs-d'œuvre de la grande école ; bref, une
mine inépuisable de jouissances et de souvenirs... »

Pierre était patient, mais il n'aimait pas les
rengaines. Il partit donc, croyant que le meilleur moyen d'échapper aux phrases de tout le
monde serait de faire comme tout le monde.
Le jour où Pierre arriva à Rome, il y faisait un
temps épouvantable : du vent, de la pluie, de
la neige. Naturellement le malheureux s'en-
rhuma ; mais on n'est pas à Rome pour soigner un rhume. Pierre prit son *Guide Joanne* et
s'apprêta courageusement à s'acquitter de son
métier de touriste. Au bout de huit jours, il
avait vu quelque chose comme sept ou huit
musées, cent ou cent cinquante églises ; il avait
été reçu par le saint-père ; il connaissait les
jardins Borghèse et ceux de la villa Doria ; il
avait parcouru les ruines du palais des Césars,

sans compter le Colisée, où, par respect pour le
programme, il était allé se promener au clair
de la lune, et le fameux cloître dans lequel on
peut passer une heure fort agréable en compagnie des capucins décédés, qui y jouissent du
privilège de dessécher tout habillés et en plein
air. J'allais oublier les visites d'ateliers, où la
politesse l'obligeait à faire des phrases dont il
ne pensait pas un mot; et ses rencontres avec
des enthousiastes qui, bien qu'à peu près Parisiens à Paris, lui semblaient provinciaux à
Rome et le trouvaient froid parce qu'il ne se
pâmait point, comme eux, devant le premier
moellon venu.

C'était de la besogne faite, et Pierre avait sujet
d'être content de lui, quand sa mauvaise étoile
l'amena en présence d'un camarade de collège.
Le camarade de collège commença par l'exa-
miner en détail sur ses pérégrinations dans la
« ville éternelle ». Pierre ayant eu la candeur
d'avouer qu'il n'avait pas encore visité certain
musée rempli de chefs-d'œuvres, l'ami indigné

l'envoya réparer sa faute séance tenante. Surtout
en voyage, les amis sont généralement absor-
bants et exclusifs. Pierre s'estima trop heureux
de trouver un prétexte pour échapper à un inter-
rogatoire plus prolongé; mais, arrivé, il faillit
s'arrêter sur le seuil. Le musée, comme la plupart
des musées italiens, était un vrai labyrinthe; de
longues enfilades de salles, des galeries à n'en
plus finir. Cela avait l'air d'une ville morte,
remplie de gens pétrifiés et immobiles. De sa
vie, Pierre n'avait vu autant de divinités grec-
ques et romaines. La variété de leurs attitudes,
l'étrange effet produit par l'entrelacement des
membres et par l'accumulation des gestes,
avant tout l'éclat soutenu de cette note blanche, répétée à l'infini et sous les formes les plus
diverses, pouvaient faire croire à un cauchemar. Dès la seconde salle, Pierre se sentit la
tête lourde. Il allait rebrousser chemin, puis il
changea d'avis en pensant que ce serait chose
à recommencer. « Prenons courage! » se
dit-il.

L'aspect des figures banales ou grotesques, qui tournaient de préférence autour des plus belles statues, ajoutait à son supplice. Un petit monsieur, qui jetait des regards d'amateur sur une très belle Vénus, acheva de l'irriter. Un regard de la déesse le calma. La mère de l'Amour était souriante ; ses bras s'écartaient ; ses belles lèvres, dessinées en forme d'arc, paraissaient s'entr'ouvrir. Pierre crut qu'elle allait parler, et que, se penchant légèrement vers lui, elle lui ordonnait de se taire. Un bruit de sonnette le rappela à lui-même ; on allait fermer le musée. « Décidément, je rêve ! » pensa Pierre.

Il sortit et marcha devant lui sans savoir où il irait. Au bout d'une heure, il était sur le chemin de la voie Appienne. Justement, les promeneurs étaient rares. Pierre s'assit sous un arbre et s'abandonna avec délices au plaisir d'être seul. Le temps était redevenu chaud ; la soirée promettait d'être belle, et les coupoles de Rome nageaient noyées dans une lumière rose derrière laquelle les grandes montagnes bleuâtres tendaient comme une draperie gigantesque. L'immense espace était coupé par les ruines des aqueducs qui traversent la campagne romaine. Des moutons paissaient sur les plaines poudreuses, et, çà et là, on voyait se dresser un portique d'aspect monumental, ou le mur ébréché d'une tour. Plus près, sur la route bordée de sépulcres, parmi des cyprès groupés au hasard, des statues, des débris de cippes et d'urnes funéraires sortaient confusément d'entre des touffes de végétation noire ou grise. Le lierre, collé au marbre, s'accrochait à des fragments de bas-reliefs; le laurier et l'olivier projetaient leurs ombres sur des bustes de vieillards ou sur des têtes de jeunes filles.

Pierre n'était point de ceux qui retrouvent le sentiment de l'antiquité à point nommé, et parce que cela fait partie du programme. Pour le moment, rien ne l'intéressait. Il ferma les yeux, et commençait à rêvasser, quand un

chuchotement de voix humaines le réveilla.
Il regarda autour de lui et se vit entouré de
personnes habillées à l'antique. Les hommes,
drapés dans des étoffes de couleur. éclatante
ou sombre, suivant qu'ils étaient vieux ou
jeunes, allaient et venaient dans de belles rues
bien pavées, ou sous le péristyle des beaux
édifices. La place publique réunissait des groupes d'hommes qui semblaient venus là pour
y recueillir des nouvelles. Les monuments publics reposaient sur des piliers de granit, et
l'intérieur des plus belles maisons était soutenu par des colonnes derrière lesquelles l'œil
allait s'arrêter sur les dessins d'un pavé orné
d'arabesques, ou sur les riches décors d'un
mur recouvert de peintures allégoriques. Des
gerbes d'eau, scintillantes sous un ciel bleu,
rafraîchissaient les dalles des grandes cours lumineuses, ou déployaient leurs panaches de
poussière humide parmi des bosquets de verdure sombre. L'eau se jouait dans des bassins
sculptés en forme de coupes ou parmi les caïl-

loux bleus et jaunes des fontaines en mosaïque. Quelquefois, un rideau s'écartait, et la
lourde étoffe tissée d'or, qui découpait sa
pourpre entre les colonnades de marbre, glis-
sait sous des corniches d'un beau travail. On
apercevait des groupes de figures qui, par leurs
poses et par leurs attitudes, faisaient songer
aux personnages mythologiques dont les murs
avaient été recouverts par le pinceau d'un artiste habile.

Entre autres, Pierre discerna les détails d'une
sorte de fête intime; la table couverte de fleurs
et de fruits rares occupait le fond d'un appartement magnifique. D'énormes poissons nageaient dans des plats d'argent ciselé. Le vin de
Sicile rougissait l'or des coupes, et les convives, mollement étendus sur des couches
somptueuses, se redressaient parmi les coussins en désordre pour contempler les gestes
des danseuses qui souriaient en agitant des
cymbales.

Pierre reconnut dans l'amphitryon un gros

financier qui, ayant de l'argent pour vingt, avait naturellement de l'esprit pour quatre. Il fit un signe : un esclave s'approcha et, sur un ordre du maître, alla décrocher une lyre suspendue dans l'antichambre. La lyre appartenait à un petit blondin tiré à quatre épingles. Comme Pierre cherchait vainement où il pouvait l'avoir vu, tout se brouilla devant lui, et, le décor ayant changé d'aspect, il revit le même petit blondin fadasse, gesticulant au milieu d'un groupe d'hommes auquel il paraissait conter les succès qu'il venait d'obtenir. La plupart de ces hommes avaient une tenue négligée qui contrastait avec la mise élégante du rimailleur et dissimulaient des sourires moqueurs sous des phrases complimenteuses. L'un d'eux, moins courtisan que ses camarades, alla droit au but.

— Bref, combien cela t'a-t-il rapporté ? lui dit-il.

— Tu ne comptes donc pour rien les faveurs de la Plautilla ? répondit l'autre.

L'air fat dont il prononça ces paroles acheva d'éclairer Pierre. « Tiens, mon imbécile de ce matin, » pensa-t-il. Au même instant, Pierre entendit rire derrière lui. Il se retourna et vit une sorte de trône mouvant sur lequel une femme merveilleusement belle s'avançait entre deux esclaves, dont l'un portait son perroquet et l'autre son parasol. Pierre se sentit comme cloué au sol en reconnaissant l'image vivante de sa déesse. Elle n'était guère plus habillée que le matin. Cependant on devinait de grands apprêts à travers la nudité savante qui constituait sa toilette. Les parfums dont elle était couverte l'enveloppaient d'un nuage embaumé. Elle roulait entre ses doigts ornés de bagues les boules de cristal chargées d'entretenir ses mains fraîches. Ses beaux cheveux blonds, légèrement ondés et disposés en tresses et en boucles, semblaient parsemés d'étoiles et comme imbibés de lumière. De magnifiques boucles d'oreilles accompagnaient le noble ovale de son visage légèrement fardé. Ses bras

et ses poignets étaient ornés de larges anneaux
d'or. Les pendeloques du collier étalaient leurs
plaques scintillantes sur le satin de la peau,
et la riche ceinture qui resplendissait derrière
des draperies diaphanes semblait lancer des
flammes. Pierre ne fit qu'un bond vers la déesse,
qui, justement, s'entretenait avec son perroquet et paraissait indifférente à l'admiration de
la foule. Chose singulière : le perroquet prenait part à l'entretien, ou, plutôt, les remarques
moqueuses qu'il échangeait avec sa maîtresse
paraissaient sortir d'une autre bouche féminine,
celle d'une petite danseuse que Pierre avait
admirée la veille au théâtre. La conversation
paraissait rouler sur le groupe d'hommes dont
l'adolescent à la lyre faisait partie, et contenait
certaines expressions d'une familiarité extrême.

— Tas de blagueurs ! disait l'une.

— Oui, répondait l'autre ; des bonshommes
de carton qui essayent de faire du sentiment
avec nous en particulier et médisent de nous
devant le monde...

— Ils ont gâté le métier. Quel triste siècle !

— Sans doute, le passé valait mieux ; on n'avait point affaire à d'ignobles boutiquiers qui vous marchandent une paire de boucles d'oreilles, ni à des poèteraux qui veulent faire de l'argent avec leurs péchés de jeunesse et débinent notre commerce au profit du leur...

— Comme si nous étions là pour nous amu-ser ; passe encore du temps de Jupiter, qui fai-sait les choses grandement et avec délica-tesse.

— C'était le bon temps. Nous n'étions pas des poupées, mais des prêtresses.

— Et quelles prêtresses ! Les dieux eux-mêmes se chargeaient de fournir l'encens con-sacré à notre culte et de remplir nos temples. Nous ne manquions jamais de fidèles...

Ici, Pierre crut qu'il était temps d'intervenir en protestant de sa vénération pour les dieux, vénération dont il se sentait surtout prêt à of-frir la preuve aux déesses. Son langage n'étant

pas celui d'un faux dévot, les deux dames parurent touchées et témoignèrent leur attendrissement par un éclat de rire.

Pierre traduisit naturellement cet accès de
gaieté à son gré et allait répondre comme il
convient à de semblables procédés quand il
s'aperçut qu'il était seul. « Damnées créatures! »
s'écria-t-il. Dans la violence du mouvement
qu'il fit pour courir après elles, sa tête heurta
un objet dur. Il s'arrêta et se trouva face à face
avec le buste d'une dame qui avait perdu le
bout du nez et la moitié d'une oreille. La
frayeur qu'elle lui inspira lui donna des jambes.
Une heure après, il rentrait à son hôtel.

III

X... est capitaine dans un régiment de cuirassiers et ressemble à un prétorien de l'ancienne Rome. Il est très grand, pâle, avec des yeux superbes et une physionomie expressive. D'ailleurs, le meilleur garçon du monde, bon, simple, nullement fat. Le mythe d'Hercule et d'Omphale semble avoir été inventé pour lui.

Hier soir, il était, contre son ordinaire, assez taciturne et un peu rêveur. Nous revenions du Quirinal; la soirée, quoique chaude, était belle, et la rue, d'ailleurs silencieuse, égayée par les sons d'un orgue qui jouait un air de Verdi.

Les cieux trop bleus engendrent les airs de Verdi comme les cieux couverts engendrent les symphonies de Beethoven ou les rapsodies de Richard Wagner. L'air dont il s'agit s'élançait vers le ciel étoilé comme un appel insensé à la passion et au bonheur. X... en fredonna quelques mesures, soupira, puis s'arrêta brusquement, proférant une sorte de juron à peu près intraduisible. « *Per Bacco!* je n'y veux plus penser, » s'écria-t-il. Il se mit alors à rire et me parla d'une rencontre qu'il avait faite la veille. Il s'agissait d'une dame dont la tournure l'avait séduit et qu'il avait rencontrée dans la rue à l'heure où, surtout à Rome, les femmes comme il faut sortent rarement seules. Naturellement, à l'entendre, celle-ci était une merveille de distinction et de grâce.

— Impossible d'imaginer une tournure plus élégante, un meilleur air. Quoiqu'elle fût vêtue de noir, et avec une simplicité remarquable, tout le monde se retournait derrière elle. Son voile était baissé, mais elle ne pouvait être laide. Et puis, le grand malheur, quand elle eût été laide, avec une démarche pareille! car elle avait une démarche à vous rendre fou! Légère, noble, souple... Certes, on pouvait voir des femmes mieux faites, plus minces; il n'y en avait point d'aussi gracieuse ni d'aussi attrayante. Sa robe étroite, presque collante, dessinait de jolis contours jeunes et laissait deviner la femme sous le fourreau. Des épaules tombantes, des hanches légèrement arrondies, un dos et une poitrine admirables; bref, une sorte de nudité noire sur la blancheur du clair de lune qui l'environnait comme d'une lumière électrique. Et puis elle avait des gestes qui indiquaient un soin minutieux de sa personne, une manière particulière d'éviter les pavés malpropres, une certaine façon de porter sa traîne et de glisser sur la poussière qui trahissait des répugnances et des dégoûts invincibles.

Cela menaçait de continuer longtemps encore sur le même ton. Je priai X... d'abréger un peu ces détails, d'ailleurs palpitants d'intérêt, pour

satisfaire plus tôt ma curiosité vivement éveil-
lée. Puis, voulant l'amener à préciser les faits.
j'insinuai quelque chose sur la difficulté d'aborder une femme le sabre au côté, et le chef surmonté d'un casque qui vous fait ressembler à
un Romain de Corneille, quand il ne vous donne
pas l'air d'un pompier de Nanterre. X... m'assura
qu'il ne *suivait* pas la dame et poussa l'effronterie jusqu'à affirmer qu'il ne prenait le
même chemin que pour pouvoir, au besoin,
la protéger.

Je fis semblant de le croire et résolus d'écouter poliment jusqu'au bout.

— Vous connaissez, continua-t-il, la petite
place qui sert de plate-forme à l'escalier de la
Trinité-du-Mont. Arrivée devant la balustrade,
au point où les marches bifurquent, *elle* s'arrêta
comme incertaine si elle devait prendre la droite
ou la gauche, ou peut-être simplement pour admirer la vue. J'avais vingt fois passé par là, le
soir, sans remarquer combien c'était beau. Un
calme presque divin opposé au tumulte de la

ville qui s'agite aux pieds du superbe escalier. Ses degrés, faiblement éclairés, étaient absolument déserts et ressemblaient aux premiers plans d'un décor fantastique. Au sommet, la jeune femme, plongée dans une immobilité parfaite, avait l'air d'une magicienne se plaisant à contempler les domaines soumis à son empire. Involontairement, je me rapprochai d'elle pour regarder sa figure. Les petites mouches noires du voile m'empêchaient de distinguer nettement ses traits ; mais j'entrevis une physionomie ravissante et qui acheva de me faire perdre la tête. Je n'y tins plus et profitai de ce que nous étions absolument seuls pour lui adresser la parole. Était-il vrai qu'elle ne m'eût pas remarqué jusque-là? Elle me regarda d'un air stupéfait, comme ignorant où je voulais en venir. Jouée ou non, cette indifférence m'irrita fort. Pourquoi m'avait-elle provoqué? Au fait, elle était assez grande personne pour savoir qu'une femme honnête ne s'attarde pas, le soir, à regarder les étoiles en présence d'un inconnu.

Je n'avais été qu'absurde, je devins brutal et la traitai franchement en aventurière. Cette fois, elle eut peur et essaya de se sauver. Je voulus la rattraper, et je venais de l'atteindre quand je l'entendis pousser un cri. Dans sa tentative pour m'échapper, elle s'était foulé le pied. Je ne veux pas me faire meilleur que je ne suis. Cet accident m'arracha des exclamations de regret hypocrite. Je redevins doux comme un mouton, et, bénissant le ciel qui me rendait indispensable au moment où je croyais tout perdu, je la suppliai d'accepter mon bras pour descendre les marches de l'escalier, où je n'osais la laisser seule. Mais elle me répondit qu'elle n'avait besoin de personne et me pria seulement de faire avancer une voiture. Je me décidai à obéir, pensant que ce serait le meilleur moyen de me faire absoudre. Mais j'avais compté sans la malice de l'infernale créature, qui n'avait feint un accident que pour se débarrasser de moi. Elle avait promis de m'attendre assise sur l'une des marches de l'escalier. A mon retour, la place était vide et la fine mouche envolée...

» Dussiez-vous vous moquer, je crois que je l'ai aimée passionnément pendant une heure. Maintenant même, je donnerais tout au monde pour la revoir? mais comment faire?

IV

THÉODELINDE

OU LA FEMME TELLE QU'ELLE DOIT ÊTRE

Anastasius Brock est le cinquième enfant de Timothée Brock, pasteur protestant à Knoblauch. Le métier de pasteur, en ce pays, est ordinairement héréditaire. On est pasteur de père en fils, comme ailleurs on est cultivateur de père en fils ; on naît pour soigner l'âme de son semblable, comme ailleurs pour labourer la terre ou pour planter la vigne. L'emploi étant plus lucratif et moins fatigant, l'excellent Timothée s'efforça naturellement d'enrôler son Anastase dans la milice, que, dans son langage imagé, il appelait pieusement « des défen-

seurs de la foi ». Mais, contrairement au désir
paternel, Anastase ne se souciait point de
grossir la milice des défenseurs de la foi. Le
goût des arts l'emportait, chez lui, sur celui de
la prédication, et les barbouillages dont, tout
jeune, il se plaisait à recouvrir les murs du
presbytère, témoignaient de la force d'un penchant presque irrésistible. Malgré toute la profondeur de son désappointement, le père Brock
dut rendre justice à Anastase et remarqua que
le sujet de ses peintures prouvait une imagination saine.

Le portrait de Luther, costumé en pasteur
protestant, s'épanouissait sur les panneaux de
la salle à manger; dans d'autres tableaux, un
vieillard respectable, qui sans doute représentait Dieu le Père, morigénait un sans-culotte,
probablement destiné à figurer Adam après la
faute, ou faisait un bout de promenade di-
gestive dans un jardin agrémenté de lions
et d'ours. Comment résister à une vocation
aussi arrêtée ? Le brave pasteur se faisait diffi-

cilement à l'idée d'avoir engendré un artiste.
Mais il se réconcilia tout à fait avec elle le jour
où Anastase, qui, sur la recommandation de
son maître, avait pénétré dans la résidence
d'été des comtes de Knoblauch pour y res-
taurer quelques vieilles peintures, fut admis à
l'honneur de dîner avec la famille régnante.
Car, au moment où cette histoire débute, c'est-
à-dire il y a une dizaine d'années, les trois
mille habitants de l'État de Knoblauch étaient
encore soumis au gouvernement paternel d'un
souverain pourvu du titre de comte.

La lettre par laquelle Anastase rendit compte
à son père de la soirée mémorable où il avait
dîné au château, arracha des larmes d'attendrissement au digne ministre. On y voyait,
entre autres détails, que le chef de l'État avait
daigné accommoder lui-même la salade, et que
le frère puîné du souverain, un vieux militaire
goutteux, mais qui n'en avait pas moins un
aspect des plus chevaleresques, s'était amusé,
au dessert, à tailler de petites souris avec des

10

pepins de pomme. Cependant Anastase s'éten-
dait avec une complaisance visible sur l'affabi-
lité de ce personnage, qui avait poussé la condescendance jusqu'à lui demander s'il portait
de la flanelle, et le jeune homme se montrait
intarissable sur les mérites de la fille du souverain. Cette noble dame, appelée la comtesse
Théodelinde, joignait toutes les vertus de la
femme privée aux qualités brillantes que l'on
aime à rencontrer chez celles que les hasards
de la destinée ont fait naître, comme le disait
Athanase, dans la pourpre. Car, selon la coutume de ses compatriotes, il parlait volontiers
au figuré et était tout porté à traiter d'esprit
grossier quiconque s'exprime simplement et
sans fleurs de rhétorique.

Le brave Timothée s'intéressa d'autant plus
à ces communications qu'il approuvait forte-
ment les hautes vérités renfermées dans un
opuscule attribué à la sérénissime comtesse
et intitulé *Théodelinde, ou la Femme comme elle
doit être.*

Par bonheur pour M. Brock, dont la tête, bien qu'en apparence assez solide, pouvait ne pas résister à un pareil excès d'honneur, le digne pasteur ignorait que, tandis que son Anastase éprouvait le besoin de s'épancher dans le sein paternel, le nom du digne garçon figurait sur les pages du journal déjà volumineux où la comtesse, depuis l'âge le plus tendre, jugeait à propos de consigner ses réflexions intimes.

La comtesse Théodelinde, en digne fille des Knoblauch, savait ce qu'elle se devait à elle-même. La fameuse brochure dans laquelle elle avait essayé d'esquisser le portrait de la femme accomplie ne pouvait laisser aucun doute sur l'élévation de ses sentiments ni sur la pureté de son cœur. Mais, « pour être née dans la pourpre », elle n'en était pas moins née *sensible*, comme on eût dit au dernier siècle, et la double nécessité d'écrire des traités de morale par manière de distraction et de dîner tous les jours en compagnie d'un oncle voué à la fabri-

cation des souris en pepins de pomme ne pouvait suffire aux exigences d'une âme pareille.
Malheureusement, la comtesse était moins riche
que noble. La fortune maternelle ayant presque
tout entière passé sur la tête du fils aîné, on
avait cru doter suffisamment la fille en lui dé-
cernant le titre de chanoinesse. Ce qui ne
l'avait pas empêchée de rêver et de se préparer
depuis longtemps à ce qu'une jeune Allemande,
nourrie dans de bons principes, appelle poéti-
quement « les devoirs sérieux de la vie ».

Malheureusement, les trésors de son esprit et
de son cœur n'avaient point encore tenté l'héritier d'une couronne. Le prince rêvé ne se présentait point, et la comtesse voyait avec terreur
approcher la trentième année, quand l'arrivée
d'Anastase vint, comme elle l'écrivit le soir
même sur ses tablettes, « faire époque dans sa
vie et lui révéler un monde nouveau ».

L'objet de cet enthousiasme, c'est-à-dire
Anastase, était un petit jeune homme à l'air
cérémonieux et modeste. Ses allures un peu

bourgeoises, comme les lunettes qui s'étalaient sur son visage honnête et vulgaire, le faisaient vaguement ressembler à un maître d'école. Une Parisienne eût vu du premier coup qu'il n'y avait pas là l'étoffe d'un artiste. Mais une Allemande a la prétention de mettre du bon sens jusque dans ses préférences. Faute de cet air « génial » dont Anastase manquait absolument, la comtesse le vit doué des « qualités sérieuses » qui distinguent l'artiste convaincu, et se consola de ne pas le trouver beau comme Raphaël en se disant qu'il surpasserait probablement Raphaël comme peintre.

Cette conviction une fois formée dans son esprit, elle se jura qu'elle serait la Muse de ce nouvel Apelles. Toutefois elle ne voulut point engager son avenir sans s'assurer si l'homme qu'elle daignerait choisir se montrerait effectivement digne de cet honneur. L'examen lui fut favorable. Elle le trouva de son opinion en tous les points sur lesquels elle jugea à propos de l'entreprendre. En fait d'art aussi bien que

10.

de principes, sur la religion et sur la morale,
il pensait exactement comme Théodelinde. Si
bien qu'un beau matin, au moment où il se dis-
posait à grimper sur son échafaudage, elle alla
droit à lui, et, de l'air imposant que devait
prendre la grande Catherine quand son regard
daignait s'abaisser sur un de ses sujets, elle lui
administra ces paroles :

— Je suis majeure, et par conséquent libre.
J'ai cru m'apercevoir que vous m'aimiez. Cela
ne m'offense point. La grandeur, à mes yeux,
ne constitue pas le bonheur. J'ai résolu de devenir votre femme. Mais mon père ne pense
pas comme moi. Notre mariage devra donc se
faire secrètement et à l'étranger. En un mot,
il faudra fuir ensemble. Quand partons-nous ?

Anastasius demeura comme foudroyé par
cette proposition inattendue. Aimait-il, n'aimait-il pas la comtesse? Il ne songea même
point à se le demander. Rendons-lui cette justice, il n'hésita pas un instant, et, devant la
majesté supérieure de cette femme de haute

naissance, il ne sut que tomber à genoux et s'écrier : « Noble comtesse ! »

Elle s'était attendue à autre chose. L'auguste auteur de *Théodelinde* avait rêvé des tirades à la Schiller, des explosions passionnées de reconnaissance et d'amour ; bref, elle avait cru rencontrer un amant, et elle se trouvait vis-à-vis d'un humble serviteur et d'un sujet docile. Ce désappointement eût fait reculer une Parisienne ; mais Théodelinde passa outre. « Il a de bons principes ; il se tiendra toujours à sa place avec moi, » pensa-t-elle.

Ils partirent pour Rome, poursuivis par la malédiction du comte régnant de Knoblauch, qui, pour demeurer fidèle aux bonnes traditions, commença naturellement par déshériter sa fille et lui défendre de jamais reparaître devant lui. Je n'ai pas besoin de dire que Rome, ce lieu de refuge également cher aux personnes déclassées qui espèrent y trouver l'oubli, et aux artistes médiocres qui comptent sur l'affluence des étrangers pour y trouver le placement de leurs œuvres, représentait, aux yeux de la comtesse, le seul lieu digne d'héberger une intelligence d'élite. Naturellement, elle avait vu dans Rome une sorte de paradis terrestre, un lieu enchanteur, où l'on se promenait de merveille en merveille. Mais son imagination s'était surtout exercée à s'arranger une demeure poétique. Elle ne voulut pas d'un palais et pensa qu'elle se contenterait d'une villa perchée sur le sommet d'une colline, un nid de marbre perdu dans un bois de citronniers, quelque chose comme ce qu'elle avait pu voir dans des décors d'opéra italien, pendant ses rares excursions à Berlin ou à Dresde. Mais Rome ne répondit point à son attente. Les rues de la ville éternelle sont étroites et sales, les loyers chers. Le rêve de la villa écarté, les citronniers rejetés sous l'horizon doré où ils pouvaient éclore, restait la prose sous forme d'un troisième étage dans une rue sombre, mais centrale. Cela n'avait rien de féerique : antichambre, salon, chambre à coucher. L'appartement approprié à un revenu de cinq à six mille livres de rente. Son trait caractéristique, au point de vue romain, c'était un sol carrelé et des murs tendus de papier sale.

Faut-il l'avouer ? Dans ce milieu composé d'éléments tels quels, mais d'un aspect toujours original et même grandiose, les yeux de la comtesse commençaient à s'ouvrir. Ses illusions tombaient; son Anastase ne lui semblait plus le même homme. Par opposition avec le fond de fonctionnaires empesés et de conseillers automates qui constituait le grand monde de Knoblauch, Anastasius avait fait bonne figure. Mais il paraissait bien vulgaire, bien laid et bien insignifiant sous le ciel où l'heureuse et aristocratique nature se plaît à façonner sur le même modèle un porteur d'eau et un prince. Restait le talent, qui, vérification faite, se trouva respectable, mais inférieur. Grâce à certaines petites manœuvres fort usitées à Rome parmi les artistes de second ordre, Anastase pouvait, avec le temps, par-

venir à vendre à peu près le nombre de tableaux nécessaire pour l'entretien du ménage.
Mais, Théodelinde le reconnaissait avec douleur, Anastase n'atteindrait jamais à la célébrité.

Un moment, elle conçut l'espoir d'un dédom-
magement. Elle crut qu'elle deviendrait la reine
de la colonie étrangère, qui ne pourrait manquer de se montrer éblouie par le prestige de
son rang et par la grandeur de son sacrifice.
Mais ses compatriotes, n'ayant point à ménager
une personne disgraciée, la traitèrent, sinon
avec dédain, du moins avec indifférence, et,
dès les premiers jours, elle se trouva vis-à-vis
d'une dame dont l'histoire était à peu près la
sienne, avec cette différence que la dame mé-
salliée était assez riche pour pouvoir faire parler
d'elle sans faire rire. Cela fit réfléchir la comtesse. Elle commença à s'apercevoir que l'imagination est un luxe qui n'est pas à la portée
de toutes les bourses, et que le monde juge
différemment les mêmes actes chez les riches
et chez les pauvres. Dans sa consternation, elle

essaya de fléchir son père, qui, ayant profité de son départ pour s'unir morganatiquement avec une ancienne danseuse, avait de bonnes raisons pour se montrer inflexible. L'héritier du trône, son frère, ne se montra guère plus indulgent, et, par une lettre adressée à madame Brock, pria celle-ci de cesser des relations devenues désormais impossibles.

La comtesse demeura atterrée devant ce nouveau revers et dut se souvenir qu'elle avait écrit *Théodelinde*, pour garder son sang-froid en présence d'un outrage aussi cruel. Elle résolut de se montrer le digne auteur d'une telle œuvre, et se traça un rôle mixte dans lequel la Muse devait venir poétiser la grande dame. En d'autres termes, la comtesse rêva la royauté d'un salon où sa supériorité intellectuelle attirerait toutes les célébrités européennes. La place que son Anastase y pourrait occuper n'étant pas bien arrêtée dans son esprit, on peut supposer qu'elle lui réservait l'emploi de chambellan. Si insignifiant qu'il soit, un théâtre ne manque jamais de comparses, et la comtesse, qui était pressée d'inaugurer le sien, trouva un auxiliaire dans la personne d'un prosateur étranger qui, n'ayant point de lecteurs dans son pays, essayait de se faire passer à Rome pour un écrivain illustre. Nulle réclame ne vaut la mine compassée du charlatan solennel. Celui-ci promenait journellement à travers le Corso une tête barbue et grisonnante de philosophe antique, qui servait d'enseigne à son commerce et contribuait à la vente de ses livres. Il s'introduisit chez la comtesse, qui le prit de confiance pour un grand homme le jour où il lui apporta un éloge imprimé de *Théodelinde*. Il se fit alors, entre ces deux personnages, également dévorés du désir de paraître, un échange de bons procédés dans lequel la dignité de Théodelinde devait échouer. Le philosophe renouvelé de l'antiquité lui amenait des recrues pour son salon, et la comtesse, en revanche, y accumulait les bustes et les portraits de l'homme qu'elle se plaisait à se représenter

comme un penseur immortel. Il essaya de se
montrer digne du poste de confiance qu'il occupait dans la maison pour transformer Anastase en une sorte de domestique de place, qui
courait d'hôtel en hôtel pour y déposer l'adresse
de son atelier et faisait de la peinture à tant le
mètre. Grâce à tous ces efforts réunis et au
crédit dû à son nom, la comtesse parvint à se
créer une sorte de salon cosmopolite, où l'on
pût faire connaissance avec toutes les médio-
crités artistiques et littéraires qui, faute d'avoir
pu réussir ailleurs, tenaient boutique à Rome.
Quelques femmes du monde, venues là par curiosité, quelques grands seigneurs, attirés par
la politesse et qui s'en tenaient généralement
à cette première visite, erraient là, comme des
voyageurs dans une salle d'attente, parmi des
individus inconnus en dehors des portes de la
ville éternelle.

La maison habitée par Théodelinde était, d'ailleurs, triste et sombre. Les jours de réception,
une veilleuse éclairait l'escalier, un vrai casse-

cou formé par une suite de marches de pierre
moisies et gluantes. Mais, si l'antichambre était
meublée de chaises de paille, par contre le mo-
bilier du salon tendu de vieux damas de soie
rouge provenait de la vente d'un cardinal et
présentait encore quelques vestiges de dorures.
Un vrai grenier royal dans lequel la maîtresse du
lieu, revêtue d'une toilette prétentieuse, trônait
au beau milieu d'un groupe d'admirateurs et
d'admiratrices qui professaient, comme elle,
le culte de l'*art sérieux*, et médisaient, par conséquent, de quiconque s'abstient de faire des
phrases et travaille. Ce thème, varié et étendu
à l'infini par le fonds de bas-bleus incompris et
d'artistes discoureurs que la comtesse se plaisait
à grouper autour d'elle, prêtait à des développe-
ments innombrables ; mais tout finit par lasser.

Quoi qu'il en fût, le salon de la comtesse
Théodelinde eut son moment d'éclat, et finalement passa pour un salon jusqu'au jour néfaste
où la maîtresse du logis, voulant probablement étendre son cercle d'activité, se fit dame

de charité et imagina d'organiser des loteries dans lesquelles les mauvaises langues virent surtout un expédient destiné à éteindre de petites dettes criardes. Aujourd'hui, la comtesse Théodelinde est une grande femme sèche qui a les traits tirés et le teint jaune. Elle a vaguement songé à reconquérir les bonnes grâces des siens en se faisant séparer de son mari; mais, sauf le manque de génie, circonstance assurément regrettable, quoique peu valable en matière de divorce, madame Brock n'a pas trouvé le moindre prétexte pour entamer une démarche tendant à rompre un mariage contracté de plein gré et dans des conditions d'estime mutuelle. Peu à peu, le vide s'est fait autour d'elle, et les rares recrues que la curiosité ou l'ignorance amènent encore dans sa maison s'y trouvent en présence de cinq ou six déclassés de nationalités diverses. Les excellences annoncées manquent, mais en revanche on peut faire connaissance avec une dame danoise qui passe pour avoir écrit un livre inti-

tulé *les Mères des grands hommes* et cultiver le
monsieur grisonnant dont le buste s'étale sur
le marbre de la cheminée. Il y a encore une
demoiselle allemande qui prétend avoir passé
trois ans en Turquie à titre de dame de compagnie d'une sultane, et celle d'une comtesse
russe qui vit séparée de son mari et a la
spécialité de déclamer des scènes de tragédie.
En somme, une société de raccroc; des gens
recrutés n'importe comment, et surtout pour
faire nombre. J'allais oublier un fonds perma-
nent d'artistes incompris et surtout inconnus,
un peintre de portraits, deux ou trois sculpteurs
étrangers dont la renommée ne s'étend point
au delà des portes de Rome et qui se font réciproquement passer pour de grands hommes les
jours où ils n'ont point intérêt à se traiter
mutuellement de crétins. Les autres invités
figurent, sous forme de cartes de visite, dans
l'immense coupe destinée à recueillir la liste
des voyageurs titrés, riches ou simplement
illustres qui passent par Rome.

V

L'AME EN PEINE

Ce jour-là, on fut très agité dans la petite
ville de R... C'était à se croire à la veille des
élections. Il y avait foule dans le Corso; les
cafés et les boutiques regorgeaient de curieux
et de bavards. L'histoire du jour circulait dans
toutes les bouches. Il s'agissait de spiritisme :
des personnes dignes de foi contaient l'apparition d'une religieuse morte depuis des siècles.
Le fantôme évoqué était celui d'une Monari,
personne d'une grande naissance et qui passait
pour avoir été fort belle. Elle était morte,
revêtue de la dignité d'abbesse, dans un couvent
de filles appartenant à l'ordre du Mont-Carmel.

Une abbesse italienne du temps des Borgia ne revient pas sur terre, sous le règne du roi galant homme, pour y tenir un chapitre. Celle-ci n'avait point laissé une grande réputation d'austérité dans la contrée; ce qui expliquait en quelque sorte l'empressement avec lequel elle paraissait avoir quitté l'autre monde pour revenir faire des coquetteries dans celui-ci. Ici, le spiritisme appliqué à l'amour passait pour avoir troublé la cervelle d'un jeune homme. Ce jeune homme, l'un des officiers de la garnison, s'appelait le comte Valdi. Mais sa figure douce et ses manières timides l'avaient fait surnommer *il Bambino*, le petit Jésus. Il semblait d'autant mieux mériter ce sobriquet, qu'il n'était point irréligieux, comme la plupart de ses camarades. Le dimanche, à la messe, on l'avait vu s'incliner pendant l'élévation. Autre délit grave en un pays où quiconque professe des principes religieux passe nécessairement pour un hypocrite ou pour un traître : il n'affectait point de regarder les femmes pendant

l'office, et passait même pour s'être sournoise-
ment confessé la veille de Pâques. Ses nouvelles bizarreries n'étaient point faites pour le
réhabiliter dans l'opinion de ses camarades.
Au lieu d'adresser, selon la coutume, ses hommages à l'une des « beautés » du cru, le comte
s'était, dit-on, épris de la belle religieuse, sur
la foi d'un portrait dont les traits, il faut
l'avouer, représentaient ceux d'une personne
pourvue de toutes les séductions de l'enfer :
regard de feu, sourire hautain, physionomie
voluptueuse, l'image de la belle Impéria, telle
qu'on se la figure sous ce ciel enchanteur. Le
piquant de la chose, c'est que, pour avoir été
retrouvé dans les dépendances d'un ancien
couvent, ce portrait n'en ornait pas davantage
l'intérieur d'une retraite pieuse. Le petit comte
l'avait découvert dans un pavillon consacré à
un usage assez profane. Il y était allé sur l'in-
vitation d'un ami qui aimait, en fait d'art, la
danse, c'est-à-dire les danseuses, et parce qu'il
avait bu un demi-verre de champagne, ce

jour-là, à son dîner. Il n'en faut pas plus pour griser un Italien. Les danseuses étaient gentilles, et le petit comte commençait à les trouver fort mignonnes, quand son regard, errant sur le mur, s'arrêta sur ce portrait, fasciné par un charme tout-puissant. Ce charme opéra si bien, que le comte perdit complètement la tête; indifférent aux rires qu'il pourrait provoquer, il tendit les bras vers l'image enchanteresse et lui adressa une déclaration d'amour.

A partir de ce jour, le petit comte avait persisté dans ses absurdités amoureuses et devenait de plus en plus diaphane quand le miracle dont j'ai parlé plus haut l'acheva.

Certes, l'histoire était originale, et il y avait de quoi mettre en ébullition toutes les têtes dans un trou de province où l'on en est réduit, pour se distraire, à éplucher le prochain. Je n'ai pas besoin de dire que l'histoire rencontrait des incrédules. Quelques-uns saisissaient ce prétexte pour faire leur profession de foi personnelle, entre autres le pharmacien, hommê grave qui professait le dédain du surnaturel et attribuait l'affaire à une intrigue cléricale. Le magasin du libraire servait de théâtre aux discussions les plus vives. Tout le monde y parlait à la fois et même un peu au hasard. Des ignorants confondaient le métier de prestidigitateur avec celui de magnétiseur, et profitaient de la circonstance pour raconter des tours d'escamotage. Un lettré, prenant la fiction pour la réalité, citait des traits empruntés à un vieux roman d'Alexandre Dumas. Çà et là, on entendait des mots aigres. Un gros chanoine fort orthodoxe, mais assez décrié pour sa conduite privée, traitait le spiritisme d'impiété, et le Lamennais de l'endroit, autre prêtre qui avait laissé les ordres pour s'associer matrimonialement avec sa cuisinière, faisait entendre que, si le clergé en voulait autant aux doctrines spirites, c'était peut-être par crainte des révélations que celles-ci pouvaient faire naître. Les deux partis commençaient à s'échauffer et la querelle menaçait de devenir sérieuse quand

11.

un voisin fit irruption dans la boutique. « Le voici, taisez-vous donc ! » s'écria-t-il.

Les Italiens, comme les enfants, passent promptement d'une idée à une autre. On oublia l'aventure pour s'occuper du héros de l'aventure. Il était pâle, défait ; il avait la mine d'un homme poursuivi par une idée fixe, bref, un visage de déterré. Ces sortes de visages ne déplaisent point aux femmes lorsqu'elles peuvent les attribuer à une peine amoureuse. Quelques-unes ne craignirent point de s'arracher à leur comptoir pour venir contempler de plus près ce nouveau martyr.

La première demoiselle de la modiste, qui probablement eût consenti très volontiers à consoler le comte, se tourna vers une cliente, et, d'un air mélancolique, fit observer qu'il était triste de voir souffrir « un aussi bel homme ».

Une gamine de douze ans, qui revenait de l'école, le désigna à sa compagne.

— *Madonna !* comme il est changé ! s'écria-t-elle en le couvant du feu de deux yeux admirables.

L'autre brunette répliqua sentencieusement que c'était là ce qu'on gagnait à aimer.

Ai-je besoin de dire que les habitants de l'autre monde n'entraient pour rien dans cette affaire pleine de péripéties émouvantes? Le bruit qui s'était fait autour du soi-disant miracle avait été provoqué par une comédie d'amateurs. En termes plus clairs, on s'était servi de la passion du comte pour lui jouer un tour, et tout se réduisait à une mystification dans laquelle le rôle de l'abbesse défunte avait été joué par une jolie femme qui, par le hasard le plus singulier, se trouvait pourvue de tous les charmes dont l'aspect avait ensorcelé l'infortuné gentilhomme.

L'auteur du complot, un gros commandant qui, en sa qualité d'homme épais, détestait naturellement les hommes minces, avait vu là le double moyen de se moquer d'un camarade et de faire sa cour à une jolie femme! Sa complice était une parente qui finissait dans un couvent son deuil de veuve et réunissait les triples mérites de la jeunesse, de la beauté et de la fortune.

Rencontre singulière et dont le commandant s'était bien gardé d'entretenir le comte : la belle Lucrèce, une Monari, appartenait à la même famille que l'abbesse défunte, et le visage de l'arrière-petite-nièce offrait, à deux siècles de distance, un échantillon des mêmes charmes qui avaient dû rendre celui de la tante irrésistible.

La grande difficulté était de pénétrer au fond d'un sanctuaire ordinairement fermé aux hommes. Mais le commandant, en homme habile, sut faire lever la consigne. Ici, plus que partout ailleurs, il est des accommodements avec le ciel, et les personnes qui se chargent des intérêts divins se montrent généralement fort coulantes avec les pécheurs riches. Les couvents italiens, jadis si gais, redeviennent d'ailleurs de vraies chartreuses. On n'y rit plus

guère, et des femmes de grande maison descendent, sans murmurer, à la condition d'ou-
vrières. Elles veulent bien se résigner à faire,
du matin au soir, de la broderie ou de petits
ouvrages en paille; mais elles n'en conservent
pas moins le respect des anciennes traditions,
et des abbesses réduites à vivre avec vingt-cinq
sous par jour saisissent volontiers tout prétexte
pour déployer l'ancien cérémonial. Grâce à son
habit bourgeois, grâce à sa parenté avec une
bienfaitrice de la maison, grâce surtout à la
large offrande que le commandant sut glisser
dans la main de la tourière, les portes du couvent s'ouvrirent devant lui, et il fut admis à
plier le genou devant madame l'abbesse, qui,
l'ayant reçu le visage masqué par un grand
voile, et avec tout l'appareil un peu théâtral
que l'étiquette du lieu comporte, daigna lui
donner la main à baiser et autoriser une entrevue avec la belle Lucrèce Monari.

La place était gardée, mais seulement pour
la forme, par une vieille religieuse qui avait

l'oreille suffisamment dure pour servir de duègne à une bienfaitrice de la maison. Le commandant trouva la Monari dans cette disposition d'esprit où, l'ennui aidant, tout chien coiffé a chance de réussir auprès d'une femme. Elle n'en essaya pas moins de garder cette attitude que les Italiens qualifient volontiers de *superba*. Le commandant, voulant faire l'agréable, lâcha alors une sottise monstrueuse.

— Je viens vous parler d'un homme qui vous adore, dit-il à la Monari, qui se prépara naturellement à affronter une déclaration en règle.

Il fut jugé et condamné dans son opinion quand elle le vit oubliant de parler de lui-même pour entamer l'histoire d'un autre. Surcroît de maladresse : il représenta le petit comte sous les doubles traits d'un amoureux et d'un fou. L'un équivaut peut-être à l'autre; mais toutes les vérités ne sont pas bonnes à dire. La Monari fut de cet avis; elle trouva que, en pareil cas, il valait mieux ne point préciser ou plutôt la laisser libre de décider elle-même si l'amoureux dont il s'agissait méritait d'être traité d'insensé. Le dépit acheva d'exciter sa curiosité. Elle voulut vérifier si le petit comte était aussi ridicule que le commandant voulait bien le dire, et laissa celui-ci fort satisfait d'une démarche grâce à laquelle il crut avoir prodigieusement avancé ses propres affaires.

Quelle est la femme assez sensée pour savoir résister au désir de passer pour un être surnaturel? Non seulement la Monari consentit à se transformer en pur esprit, mais elle se promit de détourner à son profit un adorateur assez chevaleresque pour soupirer pour une image et dans lequel les circontances lui permettraient presque de voir un legs.

La scène fut bien jouée, digne du pays qui inventa la mascarade. Le petit salon, dégagé de ses peintures profanes, avait repris un aspect presque claustral. Des bougies parfumées répandaient une vague odeur d'encens entre les vieux murs recouverts de sculptures ; et le portrait immobile dans son cadre de boiseries antiques semblait lancer autour de lui des regards d'une expression inquiétante. Le petit comte, partagé entre le désir de voir le portrait s'animer et la crainte de commettre une sorte de sacrilège, faisait pitié.

— M'entendra-t-elle ? Pourra-t-elle me répondre ? disait-il d'un ton lamentable et en frissonnant de tout son corps.

Son émotion était si vive, il paraissait si peu maître de lui, que, pour prévenir des transports dont la vivacité pouvait tout compromettre, il fallut s'assurer de son silence. Le monsieur à physionomie sinistre qui remplissait le rôle du médium fronça solennellement le sourcil.

— Un geste, un mot, et tout manquera, fit-il d'une voix d'oracle.

Le petit comte n'était pas bien lettré ; pourtant il avait vaguement connaissance de la fable d'Orphée, et, bien qu'il ne jouât pas de la lyre et se contentât de charmer ses loisirs par l'étude de la flûte, il craignit de s'attirer, comme cet immortel, la colère des dieux : il jura de se taire.

Il tint parole ; mais l'épreuve était trop forte, et, quand la Monari, resplendissante de beauté et de jeunesse, plus séduisante sous son bandeau de religieuse que n'avait jamais dù l'être l'abbesse défunte ; quand la Monari, dis-je, parut dans la lumière du transparent qui substitua, à un moment donné, la vivante à l'image, le petit comte crut voir le ciel s'ouvrir devant lui et tomba à la renverse.

Le malheureux déraisonnait complètement lorsqu'il revint à lui. Il menaçait de se tuer. Il disait que, ne pouvant contracter ici-bas une alliance durable avec celle dont il lui avait été donné d'entrevoir l'image divine, il ne lui restait plus qu'à aller la rejoindre dans le ciel. C'était logique, quoique insensé, et les choses menaçaient de tourner mal, quand la Monari, poussée par je ne sais quel caprice, se décida subitement à quitter son deuil et le couvent.

Elle profita d'une soirée magnifique pour arborer une délicieuse toilette, qui sentait de loin son origine parisienne. Un fichu de mousseline garni de valenciennes venait se croiser sur le corsage ouvert d'une robe fourreau en taffetas gris perle, et le petit chapeau de paille de Toscane était empanaché d'un bouquet de plumes dont le balancement avait quelque chose de triomphal.

Pour comble d'horreur, elle se promena au bras du petit comte, qui, naturellement, avait l'air radieux et eut assez d'esprit pour se montrer bon prince. Il tendit cordialement la main au commandant, qui d'abord hésitait à en croire ses yeux et eut à peine le temps de retrousser les coins de sa moustache. Il n'était pas au bout de ses étonnements. Peu de jours après, il recevait un petit billet dans lequel la Monari le priait, en qualité de proche parent, de vouloir bien lui servir de témoin à l'occasion de son mariage avec le comte Valdi. « L'auteur de cette union ne saurait me refuser, » lui disait-elle.

Cette fois, contre la coutume, la mystification avait tourné contre le mystificateur. Le commandant était furieux, et la colère faillit l'étouffer. Naturellement, il commença par faire le méchant et se proposa d'accomplir une scène de carnage dont il serait parlé dans l'histoire. Mais, comme on ignorait ses projets de mariage, il put revenir sur ses idées homicides et organiser d'autres plans de vengeance qui, pour être d'un accomplissement plus agréable, n'en étaient pas moins perfides. Réflexion faite, il retrouva même assez de sang-froid pour adresser à son heureux rival des félicitations qu'il compte bien lui faire payer cher.

VI

LE CHEMIN DU CIEL

L'opulente et noble marquise de Casareale est fort attachée au gouvernement actuel. Elle professe des opinions libérales et prétend s'intéresser à tout ce qui témoigne des progrès de l'intelligence humaine. On ne vit point impunément dans une ville d'Italie douée d'une université qui fut jadis célèbre et conserve, par conséquent, un certain prestige. Grâce à cette université, les savants qui y professent sont reçus dans plusieurs cercles mondains et ne choquent personne en y plaidant les thèses les plus ouvertement matérialistes.

Les Italiens, qui sont à la fois sérieux et enthousiastes, aiment les sciences qui provoquent des doctrines hardies, et un Parisien habitué à la conversation des salons parisiens croirait rêver s'il entendait les discours qui se tiennent, le soir, après dîner, devant les femmes les plus élégantes et les plus belles.

Ce jour-là, l'arrivée de Guido de Casareale, le fils de la marquise, vint interrompre les éclats de voix de deux vieillards. L'un était un ancien professeur de philosophie qui s'appelait Beraldi; l'autre, son antagoniste, un vieux gentilhomme qui ne s'était jamais marié pour être plus libre et croyait se rajeunir en portant des favoris postiches. Ils se disputaient sur la religion, à laquelle ils ne croyaient ni l'un ni l'autre, et sur le mariage, dont ils ne pouvaient parler par expérience. Le professeur Beraldi, qui s'animait beaucoup en parlant, prétendait prouver la supériorité de l'amour libre, et le vieux gentilhomme, qui, en sa qualité d'ancien homme à bonnes fortunes, n'en

avait jamais connu d'autre, essayait de couvrir la voix du professeur par des cris destinés
à convaincre la marquise de son profond respect pour les femmes.

Cette discussion, qui se renouvelait à peu
près tous les jours entre les mêmes personnages, ne fit point, comme à l'ordinaire, sourire le jeune héritier de l'illustre maison des
Casareale. Guido est un grand jeune homme
pâle et svelte, au regard dur et fier et qui, par
ses airs de patricien accompli, ressemble à un
Titien descendu de son cadre. En passant auprès du professeur, qui, autrefois, lui avait en-
seigné le latin, il fronça le sourcil et haussa
dédaigneusement les épaules.

— Comment n'êtes-vous pas honteux, à
votre âge, de débiter de pareilles billevesées ?
lui dit-il.

Sur ce mot dur, Guido alla s'asseoir auprès
de sa mère. Un certain Santa-Croce, qui jouait
un rôle effacé dans la maison et passait pour
être le bâtard d'un membre de la famille, jugea

que le moment de placer son mot était venu et demanda ce qu'on disait de nouveau dans la ville. C'était maladroit. Guido, qui décidément était de mauvaise humeur, regarda insolemment le pauvre diable, dont le plus grand tort était de courber l'échine devant la marquise qui le faisait vivre, tandis qu'il tranchait du grand seigneur vis-à-vis des petits bourgeois qui respectaient son origine.

— On parle d'un laquais dont la folie consiste à se croire un personnage, lui répondit Guido.

Le vieux marquis, qui trouvait que, depuis quelque temps, Guido lui manquait un peu de respect, ne fut pas fâché de trouver un prétexte pour le taquiner.

— *Figlio mio*, lui dit-il, tu manques de mémoire. Parle-nous donc de ce qui s'est passé hier au bal de la Cavalcanto. Je suis prêt à le raconter, pour peu que cela te soit agréable.

La rougeur subite qui couvrit le visage de Guido confirma les soupçons du vieux marquis.

Si renversante que parût la nouvelle, elle était
vraie, et le bal de la Cavalcanto avait été si-
gnalé par un incident digne d'être noté dans
les archives. C'était inouï mais incontestable.
Des politesses, pendant cette soirée mémorable,
avaient été échangées entre une Casareale de
la branche aînée et un Casareale de la branche
cadette. Et des témoins oculaires allaient jusqu'à affirmer qu'on les avait vus parler bas
ensemble. Sans doute l'événement était considérable et changeait en quelque sorte la physionomie de la ville; car l'antique inimitié qui
séparait, depuis plus de quatre siècles, les deux
branches d'une de ses familles les plus illustres, faisait en quelque sorte partie des curiosités de la vieille cité et entrait dans le programme des récits que les domestiques de
louage se croyaient obligés de débiter aux
étrangers qu'ils promenaient entre ces murs.

Le motif de ces hostilités, vous le voyez
d'ici. Dès le moyen âge, ces braves gens se
divisaient en deux partis : les uns, fils sou-

mis du Saint-Siège ; les autres, rebelles à son autorité, ce qu'on appelait chefs de *condottieri.* Quelque chose, toute proportion gardée, comme, de nos jours, ultramontains et Italiens, libéraux et réactionnaires.

Autre temps, autres mœurs. On n'échange plus ouvertement des coups de couteau, on ne se sert plus de moyens violents pour se débarrasser de son adversaire ; mais l'hostilité n'en subsiste pas moins, et la distance qui sépare les chapelles funéraires des deux familles dans l'église métropolitaine figure assez bien celle qui sépare les membres vivants de cette maison.

Le moins qu'ils puissent faire, c'est de se traiter réciproquement d'impies et de fanatiques. La plus ardente de tous, dans cette querelle, est certainement la belle duchesse de Casareale, femme du chef de la branche aînée de cette famille historique. Mais, comme la noble dame est aussi pieuse que convaincue, elle n'y met pas d'aigreur et borne ses procédés mili-

12

tants à faire dire des messes destinées à amener la conversion de son jeune cousin Guido, dont les regards brûlants la poursuivent dans ses rêves et même lui donnent quelquefois des distractions dans ses prières. « Le beau succès, pense-t-elle, si ces prières pouvaient ramener à Dieu un jeune homme qui ferait un si beau prêtre et peut-être un jour un si beau cardinal! Car, enfin, la Providence dérobe ses vues aux yeux des faibles mortels, et qui sait si le Tout-Puissant, dans sa sagesse, n'a pas choisi Guido pour rétablir, un jour... Oui, qui sait? »

L'apparition d'un domestique chargé d'un pli de ce même Guido dont elle rêve l'élévation interrompt la duchesse au moment où mentalement elle choisit celles de ses dentelles héréditaires qu'elle compte offrir à son parent le jour où celui-ci entrera dans l'Église. Elle lit, demeure pensive, puis sonne et donne brusquement un ordre.

— Surtout, qu'il vienne tout de suite! dit-elle.

Le vénérable religieux s'est immédiatement rendu à l'appel de sa belle pénitente. Don Placido est un petit homme dont le regard perçant et la physionomie mobile indiquent un esprit clairvoyant. A la pâleur de la duchesse, à ses yeux cernés et fatigués, il devine qu'elle dort mal, et, comme le premier devoir d'un bon prêtre est sans doute de se faire le soutien des âmes qui travaillent pour la vigne du Seigneur, il réfléchit aux moyens de lever les scrupules qui peuvent compromettre le repos de la noble dame qu'il a l'honneur de diriger.

Le principal est d'obtenir d'elle un aveu formulé de manière à lui permettre l'application de ces principes charitables.

En vraie femme du monde, elle devine les intentions de l'excellent prêtre.

— Vous connaissez, lui dit-elle, mon cousin le marquis Guido de Casareale ?

Don Placido répond par un soupir sur le sens duquel il est impossible de se méprendre.

— Sans doute, reprend la duchesse, il suit

une mauvaise voie, et je suis la première à déplorer ses erreurs. Son excuse est dans les funestes traditions de sa famille. Si cependant il plaisait à Dieu de lever la malédiction qui pèse sur elle, de ramener mon cousin à la bonne cause, qui est la nôtre ?

Ici, elle plonge son regard clair sur don Placido, qui baisse la tête et s'incline avec tout le respect dû à une personne sur qui la Providence peut avoir formé d'aussi grands desseins.

— Je ne serais nullement surpris, ma fille, si Dieu vous avait choisie pour accomplir ce miracle.

Devant tant d'urbanité, la duchesse ne peut réprimer un léger sourire ; néanmoins, comme sa nature altière se refuse aux compromis hypocrites, elle est tentée de tout dire à don Placido. Mais celui-ci, ayant l'habitude de comprendre à demi-mot, juge à propos de lui épargner l'embarras d'une confidence pénible et prévient cette confidence en entamant un petit discours dans lequel il insiste beaucoup sur la nécessité de pratiquer la vertu de la soumission.

La duchesse fait une dernière tentative pour mettre ses sentiments d'accord avec sa conscience.

— Néanmoins, dit-elle, si, pour atteindre le but désiré, il fallait enfreindre les commandements de Dieu ?

Don Placido pousse une sorte de gémissement. Sans doute, il déplore du fond de son cœur la dure nécessité qui peut induire une âme vertueuse à offrir le sacrifice de ses scrupules les plus respectables ; mais enfin il faut s'incliner devant la volonté divine et obéir à la manière des enfants, c'est-à-dire sans chercher à comprendre. Il ajoute que, plus le sacrifice est grand, plus il est méritoire, et ne craint point de laisser entendre que, pour qui se trouve placé, comme la duchesse, au faîte des grandeurs mondaines, c'est presque faire acte d'humilité que de céder parfois à une tentation qui permet de racheter son péché

12.

par de bonnes œuvres. Il achève de convaincre madame de Casareale en lui représentant qu'il faut agir énergiquement et promptement dans une circonstance d'où dépendent des intérêts aussi graves.

— Surtout, pas de demi-mesures, dit-il en prenant congé de sa belle pénitente.

Elle a suivi les conseils de son directeur. Son grand tourment, c'est de ne point avoir eu assez de répugnances à vaincre pour pécher. Mais ce tourment disparaît quand elle songe à la grandeur du but qu'elle vient d'atteindre. De fait, le but a répondu à l'effort; et Guido, touché par la grâce, se dispose à renoncer ouvertement au diable en entrant dans les ordres. C'est là la condition que la duchesse a mise aux sacrifices qu'elle a faits pour le ramener à la bonne cause et qu'elle fera peut-être encore pour l'y maintenir.

VII

AMOUR SACRÉ

... Elle s'est endormie tard ; elle a rouvert les yeux de bonne heure, réveillée par le bruit des cloches et par les rayons du soleil qui couraient, pareils à des lézards d'or, à travers les obscurités de sa chambre... Elle s'est signée, a souri doucement ; puis, se souvenant que c'est dimanche, s'est dépêchée de se lever et de s'habiller ; car, pour rien au monde, elle ne voudrait manquer la messe aujourd'hui.

Sa toilette est bientôt faite. Une robe blanche, une mantille, son livre, ses gants, son éventail, et la voilà s'acheminant vers la cathédrale le sourire aux lèvres, le regard dis-

trait, fraîche comme le matin et pâle comme
la fleur qui orne sa ceinture.

Quel beau soleil! L'air pur et tiède semble
chargé de germes de vie, et le vif azur du ciel
qui s'étale, tel qu'une tente de soie bleue au-
dessus des noires murailles, fait merveilleusement ressortir l'aspect antique de la vieille cité
italienne. Devant l'entrée du *Dôme*, la place
fourmillant de gens endimanchés ressemble à
un parterre de tulipes. Les brunes paysannes
en jupe rouge rayée, les vives grisettes coiffées d'un châle noir ou d'un voile de dentelle
babillent comme des oiseaux jaseurs et remplissent l'air du bruit de leurs rires.

Joli tableau plein de mouvement et de lumière. Elle l'aperçoit vaguement et comme en
rêve, tandis qu'elle monte d'un pas recueilli les
larges marches de pierre qui conduisent à l'entrée de la cathédrale. Le bel édifice! Tout
ombre et toute fraîcheur, tout repos et tout
silence. Un lieu intermédiaire entre la terre et
le ciel, un endroit où l'on peut tout ensemble

venir rêver aux joies de l'une et imaginer les béatitudes de l'autre...

Elle s'agenouille, elle voudrait prier. Mais son regard, distrait par les lueurs d'arc-en-ciel qui courent le long des piliers et sur les marches de l'autel, a peine à suivre l'office. Plutôt aspirer les parfums de l'encens qui mêle ses fumées au rayonnement des lumières, plutôt écouter la voix suave de l'orgue dont les sons qui s'exhalent si doucement à travers l'obscurité des voûtes semblent exprimer des transports d'amour...

Plus l'instant de la consécration approche, plus ils deviennent vibrants, caressants, voluptueux. La mélodie ne saurait trouver des effusions assez tendres pour préparer l'âme au moment où elle devra se dilater tout entière pour participer au sacrement d'amour. Pareillement, les mains ne sauraient rester couvertes lorsqu'il s'agit d'assister au divin mystère. Dévotement, elle se dégante, et, tout en inclinant la tête sur ses petites mains couvertes de bagues, elle ar-

rête involontairement le regard sur les blan-
cheurs de la peau satinée et fine. La clochette
tinte encore. Elle s'incline très bas ; tout se
tait, et le mystère auquel il est défendu d'assister la tête haute s'achève dans un silence
entremêlé de soupirs.

L'office est terminé, et, tandis que l'église se
vide, elle reste agenouillée dans l'ombre. A
quoi pense-t-elle ? A rien, sinon qu'elle est
heureuse, sans inquiétude ni désir, qu'un pareil
état est le ciel, et que pour le bien goûter
il faut venir à l'église.

VIII

LE FLORENTIN

Qu'on aille à Florence ou à Rome, on ne sau·
rait traverser les sites si pittoresques de l'Om·
brie sans apercevoir une maison rose derrière
un noir rideau de cyprès remarquables par
leur beauté et par leur taille. La villa *Alta*, qui
est sise au cœur des Apennins et, comme son
nom l'indique, sur une hauteur, n'est ni une
habitation seigneuriale, ni une ferme : c'est une
simple maison d'été construite sans luxe et
seulement pour s'y abriter contre les grandes
chaleurs. Au rez-de-chaussée, une salle à man·
ger d'une simplicité primitive a surtout pour
spécialité d'héberger les mouches ; puis vient

un petit boudoir meublé en perse et entièrement tapissé de gravures de modes dont les
premières remontent à 1740. Cela va du règne
de la Camargo jusqu'à celui de certaine princesse que la mode reconnaît encore pour souveraine. Les pièces du premier étage sont
décorées avec un peu plus de recherche. Ce
premier étage se compose d'un salon avec panneaux peints, trumeaux, consoles, meubles
dorés, puis de la chambre de la Gina, qui se distingue surtout par l'étalage d'un beau désordre
et les parfums mélangés qui s'exhalent d'une
toilette pompadour couverte d'essences et de
poudres. Les murs des autres chambres sont
boisés et recouverts, çà et là, de vieilles carica-
tures italiennes qui représentent des bonshommes trompés par leurs femmes ou soupirant
pour celle du voisin. C'est élémentaire et d'un
arrangement un peu vieilli, quoique moderne.
Peu ou point de jardin. Que faire d'un jardin
quand on habite le paradis terrestre ? La maison, comme d'autres propriétés voisines, a l'air

d'un nid placé sur le faîte d'un bois d'oliviers. Plus bas, les pampres, les abricotiers, les
figuiers, venus là un peu au hasard et selon le
caprice de la mère nature, tressent leurs guirlandes ou arrondissent leur feuillage au-dessus
des prairies et des plantations de maïs qui descendent jusqu'au bord d'un ravin traversé par
un cours d'eau et à demi caché par des arbres.
Le chemin un peu raide qui mène à l'entrée de
la *villa* est bordé par une double rangée de pla-
tanes. La pelouse où le capricieux bébé sautille
dans les bras de la belle nourrice romaine
s'étend derrière les fenêtres du fameux boudoir
consacré au règne de la mode. Une demi-lune
en buis, un banc circulaire sous une voûte de
jasmin fleuri, d'où le regard plane sur un horizon de montagnes, circonscrivent les limites
de la propriété et viennent border le plateau
du monticule.

Sans doute ce jardin d'agrément peut paraître mesquin auprès des nôtres. Mais, en revanche, ¿quel panorama, le soir, quand les

13

montagnes violettes derrière les grands panaches grisâtres des oliviers découpent leurs nobles courbes sur l'infini d'un ciel couleur de
cuivre!

Maison, montagne, musée de figures de modes, bébé volontaire et berceau de jasmin odo-
rant, tout cela appartient à la Gina, une jolie
femme qui sans doute n'a guère médité sur la
« poésie des sommets », comme dirait M. de
Laprade, mais qui, en revanche, passe ses jour-
nées à inventer de nouvelles coiffures et à se
couvrir de poudre à la maréchale. Son mari,
un commerçant enrichi, qui l'a épousée sans
dot et pour sa beauté, l'a reléguée là sous prétexte du bon air, mais dans le fond pour la
soustraire à des visites trop intéressées et trop
nombreuses. Car la Gina a vingt ans à peine,
une petite tête distinguée et fière, de magnifiques cheveux noirs qui s'arrangent tout seuls,
une taille délicieuse, des yeux à incendier une
ville. Par-dessus tout cela, des airs de reine,
des mines d'enfant boudeuse, un chic suprême

qui lui permet de revêtir impunément les costumes les plus fantaisistes, une manière unique
de se rejeter sur sa chaise et de contempler le
plafond en faisant manœuvrer son éventail.

Naturellement, elle n'aime pas son mari, qui,
suivant elle, n'a fait que son devoir en l'enri-
chissant et a le tort de n'être ni beau ni même
titré. Le jour où ce mari, fatigué par des in-
stances incessantes et des bouderies intermina-
bles, consentit enfin à la mener au théâtre de
la ville voisine, où la Waldman chantait justement l'*Aïda*, la Gina portait une robe de faille
couleur saumon pâle. Des touffes de verveine
pourpre venaient s'accrocher à l'ouverture du
corsage ajusté en manière de cuirasse; d'autres
fleurs pareilles erraient parmi les boucles légèrement poudrées de la coiffure. Tout visage
nouveau fait naturellement sensation dans une
petite ville. Quand, avant de s'asseoir sur le
devant de la loge, la Gina demeura un moment
debout sous prétexte d'arranger le retroussis
d'une tunique qui moulait des formes de nym-

phe, toutes les lorgnettes de la salle vinrent
mmédiatement se braquer sur la jeune femme.
La *contessa*, la *duchessa*, anciennes beautés at-
titrées et reconnues qui jouissent d'un embonpoint raisonnable et avaient arboré leurs toilettes les plus triomphantes avec leurs sourires
les plus fascinateurs, durent baisser pavillon
devant les charmes de fraîche date de cette petite personne, qui certainement n'était pas une
Vénus, au dire de ces dames, et n'avait, toujours suivant elles, rien de ce qu'il faut pour
plaire. D'abord, elle était maigre.

Tandis que ces dames furieuses s'évertuaient
à trouver des défauts à la Gina, une sourde agitation régnait dans le camp des hommes. Le
plus fier, comme le plus audacieux de tous,
était un joli garçon appelé Monte-Rosa. L'ensemble de ce personnage présente un type
assez réussi de viveur aristocrate et de dandy
méridional. Il est très beau, presque aussi beau
qu'un homme peut l'être sans ridicule, grand,
mince, svelte, avec un air de hauteur qui cor-

rige le caractère un peu efféminé de sa jolie figure pâle. Les cheveux, séparés par une raie sur le milieu du front, sont noirs; la bouche est fine; le menton, orné d'une mouche, est presque trop délicat pour un homme, et les yeux, clairs sous leur longue frange de cils soyeux, ont une expression à la fois caressante et dédaigneuse qui indique un esprit incapable de résister à l'exécution d'un projet ou bien à l'assouvissement d'un caprice. D'ailleurs, loin d'être méchant, ni même corrompu, mais possédant au plus haut degré cette astuce naïve et cette rouerie innée qui forment le fond du caractère italien. Le grand secret de son succès auprès des femmes consiste peut-être à les flatter par l'étalage de certains faibles qu'il sait, comme elles, se faire pardonner à force de grâce capricieuse et de douceur caressante. Ses gestes comme son maintien, son sourire comme son regard, sont empreints d'une nonchalance un peu molle et d'une douceur un peu féline, qui rappellent le courtisan italien du xvie siècle.

Rien qu'à le voir, on devine l'homme qui, n'ayant plus besoin d'appliquer son adresse à des complots meurtriers, l'emploie à tromper des maris et à dévaliser des cœurs. Il faut savoir jusqu'à quel point l'amour et le désir peuvent parvenir à griser un Italien pour se représenter toutes les extravagances qui passèrent par la tête de Monte-Rosa en apercevant la Gina. L'ayant enveloppée de ce regard caressant et fixe qui dut provoquer la chute d'Ève, il se jura immédiatement qu'elle serait à lui. Mais il n'était pas pour rien Italien ni surtout Florentin. La finesse naturelle à ses compatriotes lui enseignait la prudence et lui faisait comprendre que, tout amoureux qu'il était, il gâterait son jeu à paraître tel. Il alla plus loin, et, affectant la plus parfaite indifférence pour des charmes pour lesquels il eût donné un empire, il demeura assez maître de lui pour convenir avec la *duchessa* que la Gina était maigre, ne manqua pas de se trouver d'accord avec la *contessa* lorsque celle-ci lui découvrit de vilains bras, et finalement eut un troisième sourire agréable quand une troisième dame, dont il s'était déclaré momentanément le serviteur, déclara que la Gina avait mauvais genre et l'air évaporé.

L'adorable souplesse d'esprit avec laquelle le beau Florentin sut se plier aux jugements de l'aréopage féminin de R... lui permit de quitter bientôt ces dames pour aller papillonner ailleurs. Comment s'y prit-il ? A quelles manœuvres savantes dut-il de se faire présenter le même soir à la Gina ? Un fait certain, c'est qu'au bout d'une demi-heure, on le voyait faire l'aimable auprès de la femme et l'empressé auprès du mari.

La fatuité est un défaut presque inconnu en un pays où l'amour n'est pas affaire de vanité ni d'amour-propre. Monte-Rosa n'était point fat ; mais le regard hardi et souriant par lequel la Gina répondit au sien lui montra immédiatement à qui il avait affaire. Il comprit qu'il plaisait à la jeune femme et ne perdrait point son

temps en soupirs inutiles. Le grand point était
de trouver une combinaison assez ingénieuse
pour éloigner le mari, et Monte-Rosa se creu-
sait la tête pour imaginer quelque chose de
convenable, quand sa bonne étoile, je ne com-
mettrai pas l'impiété de dire la Providence, se
présenta à lui sous la forme d'un personnage
sur le compte duquel il y avait beaucoup à
dire. Monte-Rosa, en vrai gentilhomme, se
montrait fort indifférent à tout ce qui touche
aux questions d'intérêt matériel. Il ne demandait jamais d'argent à ses fermiers, et tous ses
paysans se souviennent que, sollicité par son
garde-chasse de faire coffrer deux ou trois pauvres diables que celui-ci venait de surprendre
en flagrant délit de braconnage, il avait haussé
dédaigneusement les épaules et ordonné de les
laisser tranquilles. « Il faut que tout le monde
vive, » avait-il ajouté du ton d'un homme
moins scrupuleux en fait de morale qu'il n'a
bon cœur. Le personnage dont il s'agit était un
certain *Salvatore*, qui passait pour être complè-

tement brouillé avec la gendarmerie. La visite
de ce gibier de potence surprit fort par conséquent Monte-Rosa, qui venait d'être malade et
se trouvait encore couché. Mais, quand il vit le
brigand ôter poliment son feutre et poser pacifiquement son fusil contre le mur, il comprit
qu'il s'agissait d'une plaisanterie, et, faisant un
signe de tête ironique, il invita l'homme à
s'asseoir. Le sacripant refusa :

— Je ne saurais m'arrêter, fit-il ; les carabiniers sont à mes trousses. Heureusement, ils
ne me cherchent point ici. Je venais simplement pour avoir de vos nouvelles, *signor
conte.* Voici plusieurs jours qu'on ne vous voit
point dans le pays. Les braves gens sont rares,
et nous étions inquiets, moi et les camarades.
A présent que je vous ai vu, je file. Au revoir!
tâchez de guérir vite. Vous n'avez rien à me
commander ?

Monte-Rosa n'était pas un puritain.

L'aspect de cet homme qui venait, comme à
point nommé, lui offrir ses services quand le

13.

hasard seul pouvait faire réussir ses desseins galants, inspira au comte une pensée hardie et que les timorés ne craindront peut-être pas de qualifier de perverse.

— Veux-tu, demanda-t-il au brigand, faire une fois dans ta vie une affaire sûre et dont tu n'auras pas à te repentir ?

— Certes, dit *Salvatore*.

— Il s'agit, poursuivit le comte, de s'arranger de façon à tenir quelqu'un sous bonne garde pendant douze heures. Tu m'entends : sous assez bonne garde pour qu'il ne puisse s'échapper. Par exemple, si tu as le malheur de toucher à l'un de ses cheveux, tu es perdu. Aie même soin de te procurer une bonne couverture bien chaude afin qu'il n'attrape aucun mal. Car il fait un froid du diable, la nuit, dans nos montagnes. Enfin, soigne-le bien ; un homme marié, c'est tout dire. Maintenant, fais ton prix et attends mes ordres.

L'affaire coûta vingt-cinq mille francs au beau Florentin. Il est vrai qu'un sentiment de

délicatesse, bien naturel en pareille circonstance, l'empêcha de marchander. Les brigands, postés sur un détour de la route, s'em-
parèrent de l'infortuné mari un certain soir où
la Gina, particulièrement agacée par sa présence, l'avait engagé à aller faire un tour.
Disons à sa louange qu'elle n'était pour rien
dans le complot ourdi par le Florentin, et crut
s'évanouir lorsqu'elle le vit paraître sur le seuil
du boudoir où elle s'attendait à voir rentrer son
mari. Les Italiennes ont l'imagination prompte,
lorsqu'il s'agit d'amour. Celle-ci, devinant un
sacrifice digne d'elle, se précipita vers son
amant avec un transport de passion indéfinis-
sable. Pourtant elle ne put résister au désir de
savoir ce qu'était devenu son mari.

— Qu'as-tu fait de ce pauvre homme ?
demanda-t-elle d'un ton de pitié dédaigneuse
et en attachant sur Monte-Rosa une paire d'yeux
étincelants.

Monte-Rosa, attirant la Gina, lui dit :

— Sois tranquille ; ton mari est logé à une

auberge dont les prix ne sont pas abordables pour tous. La place qu'il y occupera cette nuit me coûte cinq mille scudi. C'est pour rien, puisqu'en retour je loge chez lui.

IX

LA FEMME FORTE

A Vienne, c'est fête au château impérial; les
grands appartements sont éclairés; l'orchestre
joue *la Promenade aux flambeaux*, de Meyer-
beer. Ce morceau, qui a été écrit pour des
noces royales, est une polonaise. Dès les premières mesures, Étienne Sczafany est allé
s'incliner devant la belle Irène et lui rappeler
sa promesse. Pure formalité. Le prince sait
bien qu'Irène se souviendra. Ce soir, le beau
magyar est irrésistible. Son costume sombre
est d'une magnificence sévère, sa tunique collante, l'attila de velours noir bordé de fourrures rares; les pierres précieuses, les beaux

diamants héréditaires scintillent sous la plume
d'aigle du kolbach et sur la poignée d'une épée
recourbée comme la lame d'un sabre oriental.

Une noble figure. En regardant Étienne, on
pense à ces califes tout-puissants qui d'un signe
peuvent faire tomber une tête ou changer une
esclave en sultane favorite. Les femmes orgueil-
leuses ne se soumettent qu'aux despotes. D'un
regard de ses superbes yeux d'Asiatique, le
prince a conquis Irène. La preuve, c'est qu'elle
le prendrait pour amant, si on le lui refusait
pour mari. Quelle différence avec ces hommes
de carton qui se croient quittes envers leur
femme quand ils l'ont accompagnée l'été aux
eaux et l'hiver au bal! Celui-ci la tuerait, si
elle le délaissait pour un autre.

Le son de sa voix brève la pénètre. C'est celle
d'un homme qui n'a qu'à ouvrir la bouche pour
se faire obéir, et commande à une nombreuse
tribu de vassaux dont quelques-uns sont presque
des nobles. Un vrai grand seigneur, celui-là,
un vrai prince. Le château légendaire où il est

né, passe pour avoir été construit par des géants, et, par son rang, il a droit à des honneurs que l'on refuse à des descendants de croisés. Irène se voit assise auprès de lui, sur l'estrade qui servait de trône à ses ancêtres.

— Comme il est beau et comme les femmes ont raison de l'aimer ! se dit-elle en songeant à toutes les aventures qu'elle a entendu prêter à Étienne.

Elle est résolue à vaincre les hésitations de son père, qui craint que le prince ne soit endetté ; elle veut braver les insinuations hypocrites de celles de ses amies qui, ne pouvant se mettre à la place d'Irène, prétendent que le prince la rendra malheureuse.

Irène malheureuse ! et par un homme ! Cela fait sourire la noble fille. Elle rejette derrière elle les plis pesants de sa longue traîne blanche, rajuste les perles de son collier, se dit que son costume de mariée ne différera pas beaucoup de celui qu'elle porte, prend résolument le bras d'Étienne et s'apprête à figurer avec lui dans le défilé qui se prépare.

Le rythme discret et mesuré de la musique qui caresse l'oreille sans s'emparer d'elle, et permet de causer en marchant, s'accorde avec la magnificence sereine du lieu et la solennité un peu pompeuse de la scène. Le défilé s'organise, les femmes qui se savent belles relèvent dédaigneusement leurs têtes souriantes ou altières. Quelques-unes, rayonnantes sous leur diadème constellé de pierreries, ressemblent à des déesses d'allégorie; d'autres, ondoyantes comme des couleuvres, ont la souplesse et la grâce des sirènes. D'autres encore, par leur blancheur éblouissante ou par leur pâleur mate, font songer aux neiges du Caucase ou bien aux héroïnes des légendes slaves. Parmi les hommes, les diplomates en habit chamarré, les nobles Hongrois revêtus de leurs éclatants costumes, les superbes hussards dans leurs éblouissants uniformes, figurent comme les personnages d'un tableau de Paul Véronèse

sur les murs recouverts de mosaïques italiennes ou de tapisseries flamandes. Plusieurs,
bruns et superbes comme les héros des contes
arabes, entourent les plus jolies femmes, attirés
par la clarté de leurs grands yeux limpides.
Partout des fleurs, des lumières; partout d'opu-
lentes étoffes dont la trame scintillante dégage
comme un rayon de soleil. Venise, l'Espagne,
les Flandres, l'image de toutes les contrées sur
lesquelles l'Autriche a posé son sceptre, s'étale
là, gravée dans la coupe des visages comme
dans la décoration des salles. Les glaces ren-
voient le reflet des chairs nacrées, les pierreries
lancent leurs éclairs à travers les bouillonne-
ments de la dentelle, et l'amour, qui verse son
philtre tout-puissant sur ces merveilles, les
transforme en une féerie éblouissante dont
Irène se sent la reine.

Elle a épousé son prince. Le jour même de
leur mariage, ils sont partis pour la Hongrie.
En descendant de wagon, Irène voit venir au-
devant d'elle un vieux monsieur vêtu d'une

pelisse graisseuse et suivi d'un domestique qui est coiffé d'une casquette à galons d'or et a les mains un peu moins sales que son maître. Le prince Étienne jette un regard sérieux sur sa femme, qui ne paraît pas prête à se confondre en politesses. « Mon oncle, le prince Miklos, » lui dit-il.

L'oncle Miklos est un Hongrois de la vieille roche, une sorte de sanglier dans la peau d'un gentilhomme. Son abord est rude. Sa Seigneurie ne sait pas le français, parle à peine l'allemand, et exhale un mélange d'odeurs âcres, où celle du fumier prédomine. C'est un sauvage qui vit à peu près dans l'état de nature, entre la bouteille et la charrue, buvant avec ses tenanciers et courtisant leurs femmes.

Irène pense qu'il suffirait d'un oncle comme celui-ci pour empester toute une maison et se demande en frémissant s'il faudra l'inviter souvent.

Évidemment, la première impression n'est pas heureuse. En revanche, l'aspect du château, tout sombre sous le blanc croissant de la lune, qui brille comme un signe héraldique sur l'immense horizon limpide et parsemé d'étoiles lumineuses, a quelque chose d'héroïque.

La silhouette tourmentée et néanmoins formidable de l'antique forteresse se dresse, comme l'ombre de la féodalité expirante, au-dessus d'un paysage monotone.

Les grandes plaines sont bosselées comme une mer houleuse; de vastes pâturages, peuplés par des troupeaux de petits chevaux nerveux et agiles, s'étendent jusqu'au bord des montagnes qui ferment l'horizon et semblent servir de barrière à l'Europe.

Le château doit dater des Turcs. Il a plusieurs étages, de hautes tours de forme carrée. Les donjons de pierre rougeâtre sont percés de meurtrières qui ressemblent à des plaies béantes, et le faîte crénelé des murailles fait songer à un caprice de conquérant barbare qui, dans un accès d'orgueil titanesque, se serait plu à décorer le sommet de son repaire d'un ornement imitant des rangées de dents humaines.

Quand la voiture roule sous l'immense porche par lequel on pénètre dans la grande cour, Irène croit entrer dans l'intérieur de la tour de Babel. Les galeries, les corridors s'entre-croisent comme en un labyrinthe. La cour d'honneur a des dimensions qui permettraient d'y placer un petit village. Les salles succèdent aux salles, les vestibules aux vestibules. Quelques escaliers tournants en forme de vrille mènent à de larges plates-formes. D'autres, plus vastes, ont ces proportions effrayantes que le cauchemar prête quelquefois aux longues suites de marches qui figurent dans les rêves.

Des sauvages, qui ressemblent à des brigands pétrifiés, soutiennent les gigantesques écussons de la famille, et l'on mange sur des tables dont le dessous a les profondeurs d'une petite crypte.

Ce serait grandiose, si cela ne tombait en ruines. Mais tout porte les traces de l'appau-

vrissement et de la décadence. Certains corps
de logis ont été rendus inhabitables par des
dégâts qui datent de l'invasion turque; d'autres ont subi l'abandon qui s'attache aux
espaces trop vastes pour les besoins limités de
la vie moderne. Partout des traces de négli-
gence et d'incurie. Le sol de la grande galerie,
qui donne sur les jardins et qui servait autrefois de promenoir, n'a plus de dalles. La chapelle déserte est privée de la plupart de ses
vitraux. La salle aux archives sert de remise
aux vieux meubles, et la cuisinière serre de
préférence ses provisions d'oignons dans la
baignoire d'un cabinet de bains, jadis décoré
dans le style mauresque. Le même abandon
règne dans la salle d'armes, où les rats se dis-
putent les restes d'un coursier empaillé dont
le maître se distingua au siège de Bude, et
dans la galerie des portraits, les effigies des
Sczafany défunts moisissent piteusement dans
des cadres rongés par les vers ou ponctués par
les mouches.

Dans les jardins, les tritons, défigurés par le travail de l'humidité, se penchent tristement sur les bassins vides. Les conduits sont taris, le développement insensé du feuillage rend les allées impraticables. Il n'y a plus d'eau dans les fontaines, mais l'herbe croît dans les chemins.

Le château est une ruine colossale où l'amour trouve décidément grand'peine à se loger. Sczafany, sa promenade faite, trouve trop de plaisir à rester attablé avec l'oncle Miklos le reste du jour, ou bien à regarder les jolies figures de ses vassales ; par exemple, plein de respect pour l'étiquette qu'il honore en s'entourant d'autant de domestiques qu'on peut raisonnablement en souffrir autour de soi sans étouffer, et d'égards pour sa femme, qui se trouve à la tête d'une maison formée par des dignitaires dont quelques-uns, entre autres le maître de chapelle, se trouvent dans l'impossibilité d'exercer leur charge.

Sczafany reprend pourtant son prestige pour

Irène quand elle le voit monter à cheval. Là,
son maintien est superbe ; il est plein d'audace
et de courage et bien fait pour dompter les
belles bêtes fougueuses qui bondissent sur ces
prairies et hennissent de plaisir quand elles sentent l'approche du maître. Car le prince, qui
ne s'aperçoit pas de tout ce qui manque chez
lui, n'épargne rien quand il s'agit de ses chevaux. Personne ne s'entend mieux au dres-
sage et aux croisements. Ses produits font la
fortune des maquignons juifs, qui les lui achè-
tent à très vil prix pour les revendre bien cher.

Le prince s'aperçoit qu'il est trompé un jour
où la princesse, qui a passé sa jeunesse à la
campagne et se connaît en chevaux comme il s'y
connaît lui-même, croit devoir assister à l'un
de ces marchés et confondre le trafiquant mal-
honnête qui jadis a vendu mille florins au père
d'Irène un cheval qui en valait tout au plus
la moitié et a été acheté pour rien au prince.
Une femme gagne toujours beaucoup aux yeux
de son mari quand elle l'empêche d'être dupe.

Cette scène, si insignifiante qu'elle paraisse, produit un certain changement dans les habitudes du prince. Étienne reste moins longtemps attablé avec l'oncle Miklos ; il croit devoir causer avec sa femme de ses affaires d'intérêt ; un jour même, s'apercevant que la princesse est pensive, il remarque qu'elle est mal logée et parle de faire venir des ouvriers pour entreprendre les réparations nécessaires. Elle sourit et répond qu'on a le temps d'y penser. Mais son air un peu rêveur fait deviner qu'elle songe à autre chose. Le prince la regarde attentivement et lui trouve dans les yeux quelque chose à la fois de doux et de ferme qu'il n'a jamais vu ailleurs. « Elle méritait mieux que moi, » se dit-il.

Irène n'a jamais fait cette réflexion. Sans doute, ni le mari ni le château ne répondent complètement à l'idéal imaginé par elle. Le château est une ruine lugubre ; mais le mari est un beau garçon qui a grand air et monte admirablement à cheval. C'est peu : c'est quelque

chose aux yeux d'une femme qui, ayant perdu
sa mère de bonne heure, a été élevée à la campagne et dans le mépris de tout ce qui ne sert
point à fortifier le corps et à assainir l'àme. .

Irène, comme la plupart des femmes de la
haute noblesse, a le jugement d'autant plus
sain qu'elle sait moins de choses. Sa perspica-
cité est plus grande, parce que ses idées, moins
éparpillées, sont aussi moins flottantes. En fait
de science, elle n'est guère forte que sur le ca-
téchisme. Mais l'habitude du cheval, celle
de passer une partie de sa vie au grand air,
l'ont affermie contre les défaillances morales.
comme contre les défaillances physiques. Si
elle éprouve des déceptions, elle pense que
c'est sa faute et n'en accuse personne. D'ailleurs, la noblesse de son sang a rejailli sur la
noblesse de ses sentiments. Elle a souvent médité la devise de sa maison : *Dieu aydant, tout
ira bien.*

Le peu qu'elle a entrevu du monde avant son
mariage lui a appris que, de notre temps, les

14

grands seigneurs ne sont plus guère ni consi-
dérés ni puissants, s'ils ne sont riches. Les
coutumes changent avec les temps. Irène pense
que, la puissance et la grandeur devant surtout
servir à protéger les faibles, il faut aujourd'hui
de l'argent où l'on s'en tirait jadis avec l'épée.

Irène est née écuyère; elle a su monter à
cheval avant de savoir lire et n'a pas sa pareille
pour sauter un fossé ni pour dompter un cheval
rétif. Résolument, la voilà qui passe tous les
matins la revue des chevaux et va s'assurer
s'ils sont bien soignés. Peu à peu, elle remarque
certains vices d'arrangement, conseille des ré-
formes. Grâce à quelques perfectionnements peu
coûteux, on pourrait tripler les bénéfices, obtenir des élèves plus nombreux et meilleurs.
En premier lieu, il faut utiliser ce qu'on possède. « Vous voulez vendre cette jument? Gar-
dez-la donc pour faire des poulains. Mettez-moi
bien vite au régime cette jolie petite bête déli-
cate qui ne demande qu'à vivre et fera merveille
attelée à mon panier à salade. »

Tout en parlant, elle caresse les belles petites bêtes fougueuses qui, reconnaissant la voix de leur maîtresse, se mettent à trépigner, à hennir. Un bon cheval n'est point un valet, c'est un ami dont on ne s'assure les services qu'en le traitant en camarade. L'homme civilisé doit veiller au bien-être du cheval civilisé, étudier ses besoins, régler à la fois le genre de nourriture qui convient à son tempérament, et le genre de travail qui convient à ses forces. En somme, il faut faire des essais, ne point se soumettre servilement à l'ancienne routine. Un voisin survient tandis qu'elle est en train de développer son petit système. Le voisin a des chevaux fatigués ou malades.

— Envoyez-les à ma femme, elle se chargera de vous les réparer, dit ironiquement le prince.

— Pourquoi pas? dit Irène. Pourquoi ne pas faire du métier, si ce métier est lucratif et honorable?

Ce n'est pas tout : elle a encore une autre idée.

— Vous payez fort cher une mauvaise voiture. Je vous en livrerai d'excellentes à moitié prix, si vous me laissez faire.

Pour le coup, Étienne est confondu. Une Sczafany carrossière! Tout le monde rit, à commencer par la petite princesse.

— Eh bien, dit-elle, où est le mal si j'ai envie de gagner de l'argent, tandis que d'autres en dépensent? Nous disposons ici d'un grand local. Je ferai venir des ouvriers qui seront nourris et logés chez moi. Je surveillerai les travaux, aidée par un contre-maître. De la sorte, la main-d'œuvre me coûtera peu ; je donnerai du pain à de braves gens qui en manquent, et, de plus, je rendrai service à bon nombre de personnes peu riches. Tout le monde y trouvera son compte. Je ne m'engage pas, bien entendu, à construire des carrosses de *gala* ; mais tout ce qui sortira de chez moi aura bon air. Seulement, je ne donnerai point le cheval sans la voiture, ni la voiture sans le cheval. Par exemple, je ne ferai point de crédit. Mais, en revanche, chacun en aura pour son argent, et personne ne pourra se plaindre.

Le temps a passé. Le succès a donné raison à Irène. Le prince, qui d'abord n'avait pas voulu entendre parler de commerce, a fini par se réconcilier avec l'idée de devenir riche, grâce à ce qu'il appelle les fantaisies de sa femme. L'élégance de ses jolis attelages, jointe à leur extrème bon marché, lui a valu la médaille d'or à la grande Exposition de Vienne. Aujourd'hui, son industrie a pris des proportions considérables, et la princesse gagne des sommes fabuleuses. D'ailleurs, la noblesse avec laquelle elle dépense son argent égale au moins la facilité et l'intelligence avec lesquelles elle le gagne ; son industrie a fait d'elle la bienfaitrice du pays.

Le vieux manoir héréditaire est transformé. Un habile architecte s'est chargé de le réparer sans rien lui enlever de son ancien caractère chevaleresque et féodal. Plusieurs salles sont converties en musées où l'on conserve des sou-

venirs de famille. La salle d'armes, remplie de
trophées de guerre, d'anciennes armures, est
devenue l'une des curiosités de la Hongrie. On
vient également visiter de très loin les belles
serres toutes modernes. Les jardins sont très
soignés, mais on leur a laissé leur caractère irré-
gulier. Avant tout, on s'est occupé de la réédifica-
tion de la chapelle. La princesse a tenu à y faire
baptiser son premier-né. Le parrain était l'oncle
Miklos, qui, par extraordinaire, était superbe ce
jour-là dans son dolman fourré et faisait véri-
tablement honneur à la famille par son air
distingué et martial. Un trait bien remarquable,
c'est qu'Irène possède le don de civiliser tous
ceux qui l'approchent. Il est vrai que, sous ses
occupations toutes masculines, la femme, chez
elle, est restée complète.

Sa puissance, son courage, son énergie ne se
sont jamais appliqués qu'à poursuivre un but
utile, et la même créature qui prouve sa force
par la manière dont elle s'entend à dompter un
cheval rétif n'a jamais songé à se faire une arme

morale de cette force. Cette noblesse, cette simplicité, cette générosité naturelle et constante
ont fini par produire des miracles sur le caractère
et sur les manières du prince, qui, longtemps
gâté par le commerce des femmes faciles, est
resté quelque temps avant de se rendre compte
du degré de déférence qu'il devait à la sienne. Aujourd'hui qu'il l'envisage non seulement comme
la mère de ses enfants, mais comme la femme
qui a relevé le berceau de sa maison, il éprouve
pour elle une sorte de culte. La superbe et audacieuse amazone, qui n'a jamais connu d'autre
peur que celle de déplaire à son mari, vient
alors se confondre dans son esprit avec l'image
élégante et charmante de la noble femme qui,
les jours de fête, se dirige, appuyée sur son
bras, vers la chapelle qu'elle a fait recon-
struire. Il aime à se la représenter penchée sur
son prie-Dieu, comme il aime à se la figurer
dans l'attitude hardie de ces reines guerrières
dont elle descend et qui lui ont légué quelque
chose de leur sang héroïque. Les Slaves, comme

les Orientaux, se plaisent aux comparaisons
imagées :

— C'est peut-être là, se dit alors le prince,
ce que nos pères comprenaient par la femme
forte de l'Évangile.

X

UN BAL A VIENNE

.

Réception au palais L..., dans la *Herren-Strass.*
Une vraie citadelle à l'extérieur. L'écusson
surmonté de la couronne princière s'étale au-
dessus de la grande porte, les vieux balcons
en fer forgé reposent sur de grimaçantes caria-
tides d'esclaves enchaînés, ou bien sur de
pesantes épaules d'Atlas. Au dedans, les colos-
sals laquais d'origine croate ou gallicienne,
les gigantesques ours transformés en torchères
semblent veiller sur la demeure d'un magicien
et préposés à la garde d'un trésor légendaire.

L'Orient et le Caucase viennent se rejoindre
dès le vestibule. Mais le voisinage du Levant

se révèle mieux encore à travers les opulences à demi fantastiques des salons de réception. Là, nulle trace d'élégance parisienne ou de confort d'outre-Manche. Les appartements, prodigieusement hauts, sont tendus de brocarts de nuances tendres; les plafonds, incrustés d'argent et de nacre de perle, resplendissent au-dessus du cristal enflammé des lustres. Partout des mosaïques merveilleuses, de superbes draperies de provenance persane ou turque. L'un des salons regorge de chinoiseries et d'ivoires. Un autre renferme des toiles rares. Dans d'autres salles, les marbres baignés d'une lumière douce, le lourd parfum des roses qui s'épanouissent sous des gerbes d'eau glaciale, les pénétrantes senteurs du jasmin qui monte le long des treillages d'or ou s'accroche à la sculpture des vases rappellent les merveilles d'un palais vénitien ou mauresque.

Le tableau est digne du cadre. Partout de l'or, des diamants, du satin, des fourrures. Les hommes, revêtus d'uniformes chamarrés de broderies ou de riches dolmans, ressemblent à des petits-fils de Sardanapale ; les femmes, resplendissantes de pierreries et de beauté, ont l'air de sortir d'un gynécée ou d'un harem. Quelques-unes portent des croix d'ordre sur leurs corsages constellés de diamants ; d'autres ont des aigrettes blanches plantées dans leur chevelure, retroussée à la mode circassienne ou relevée par un diadème héraldique. Les visages sont pâles, les regards veloutés et caressants, les physionomies intelligentes et expressives. les attitudes d'une nonchalance fière ou d'une indolence rêveuse. Peu d'habits noirs, de toilettes criardes. L'aspect des costumes, comme celui des visages, rappelle que l'on est sur la route de Belgrade, à mi-chemin de Constantinople. Quelques Allemands et quelques Allemandes, ancrés dans l'étiquette, marquent dans ce milieu pittoresque par la raideur cérémonieuse de leurs gestes, comme par la froideur de leur sourire apprêté et diplomatique.

De ce nombre est la belle comtesse de X...,
qui, dans sa vaporeuse robe blanche relevée
par des traînées de feuillage, a l'air d'une fée
égarée parmi des péris. Avant son mariage, elle
figurait à la cour de ***, en qualité de fille d'honneur. L'aventure qui la priva de cette charge
pourrait fournir le sujet d'un opéra-bouffe. Il
s'agissait de découvrir une paternité d'autant
plus mystérieuse que la demoiselle, d'ailleurs
fort candide, ne voulait nommer personne. La
reine, qui a des principes austères, ayant vainement essayé de la confesser, pria le roi d'intervenir. La coupable, comprenant qu'elle
n'avait point affaire à Croquemitaine, consentit
à répondre. Ses yeux baissés modestement,
comme il convient à une jeune fille affligée
d'un malheur pareil, elle nomma deux ou
trois noms, ajoutant, non sans soupirer profondément, que ce devait être *l'un ou l'autre*. Le
monarque fit un soubresaut. De paterne, il
devint tout à coup extrêmement grossier et
proféra un juron énergique. L'imprudente

comprit sa faute, se jeta aux pieds du roi, affirma qu'elle venait de se calomnier.

C'était, disait-elle, afin d'épargner la colère du souverain à l'homme qu'elle aimait.

Ici, moins de liaisons sérieuses, plus de galanteries passagères. Les femmes s'entretiennent réciproquement de leurs affaires de cœur, parlent d'amour comme elles parleraient ailleurs toilettes et théàtre. Le comte R... se montre très empressé auprès de la comtesse Z... Une de ses amies l'en plaisante. L'autre affirme que le comte ne lui fait point la cour.

— Mais il ne vous a point quittée de la soirée!

— Question de dévouement pur. Son ami M... m'adore et l'a chargé de me le dire.

Là-dessus, des chuchotements et des rires.

Autre pays, autres mœurs. Celles d'ici sont restées stationnaires depuis cent ans et ne sont pas prêtes à se modifier.

NOTES

SUR L'ALLEMAGNE

I

L'AMOUR ALLEMAND

... Trop phraseur, ou trop pratique. Je lis depuis trois mois dans une gazette allemande la correspondance amoureuse d'un monsieur qui, selon l'usage du pays, se prépare par un voyage solitaire à ses adieux à la vie de garçon. En partant, il a promis de donner quotidiennement de ses nouvelles par l'entremise du journal. Précieux détails : afin d'ôter toute apparence prosaïque à ce tendre commerce, la correspondance se fait en vers, et les diverses étapes de son voyage lui fournissent tour à tour des sujets de madrigal ou d'ode. Les jours où sa verve poétique tarit, il se con-

tente de geindre sur les douleurs de la séparation. Qui l'oblige à s'absenter? Ici reparaît
l'Allemand philistin et méthodique, même en
amour. Le moment venu de roucouler, il rou-
coule.

Tout le monde ne peut pas naître troubadour.
D'autres, plus nombreux, naissent maîtres
d'école et prétendent « que le meilleur moyen
de prouver sa tendresse à la femme qu'on aime
est de la rendre docile ». Le professeur R...
pratique ce système à l'endroit de la jeune
personne qui vient d'agréer sa recherche. Trait
caractéristique : ne pouvant, pour le moment,
la traiter tout à fait en pupille, il essaye du
moins de l'accoutumer à son autorité future
en lui parlant un langage grave. Entre autres
procédés destinés à la façonner à son usage,
il règle, dès à présent, l'emploi de ses loisirs,
et lui a remis la liste des ouvrages dont il lui
défend la lecture. Elle obéit religieusement et
se sent très flattée d'épouser un homme « qui
veut bien prendre la peine de l'élever jusqu'à

lui », comme elle le dit dans son langage à la fois emphatique et naïf.

Trop de phrases, c'est le défaut des gens médiocrement élevés ou demeurés dans un état de civilisation incomplète. L'Abélard en question, passant un jour par Paris, vint me voir, privé, il est vrai, de chapeau et de gants, mais cravaté de blanc et revêtu d'un solennel frac noir. Je me perdais en conjectures sur le motif de ce dépouillement quand, prêt à me quitter, l'illustre savant me demanda la permission de traverser la salle à manger « pour y reprendre ses affaires ». Après son départ, le domestique se plaignit de ce que ce monsieur avait refusé de laisser ses effets dans l'antichambre, « préférant, disait-il, *les savoir en lieu sûr* ».

Ils prennent des précautions pour leur paletot ; ils jugent inutile d'en prendre pour conserver le cœur de la jeune fille qu'ils souhaitent épouser. En Allemagne, l'anneau des fiançailles répond de tout. Un jour, comme j'en témoignais ma surprise devant un fiancé de la veille qui s'apprêtait, selon la coutume, à partir le lendemain pour faire son tour d'Europe, on me répondit assez sèchement « que les Français ignorent la signification du mot aimer ».

Pures phrases : leurs meilleurs écrivains, Gœthe en tête, les prodiguent. Je n'ai jamais compris, quant à moi, ce que le nom de l'ennuyeux auteur de *la Messiade* venait faire au moment où Werther, déjà amoureux de Charlotte, achève de devenir fou parce que la dame de ses pensées, émue par le bruit du tonnerre, lève sentencieusement et sentimentalement le regard vers le ciel en murmurant : « Klopstock. » De même, je soupçonne madame de R... de répéter un lieu commun aussi sentimental qu'insignifiant, quand, parlant du mariage projeté de sa fille, elle déclare qu'il faut prolonger le plus longtemps possible l'heureux moment des fiançailles et laisser « les futurs époux jouir de leur bonheur ».

Si j'en juge par ce que je vois, ce bonheur consiste, pour les deux jeunes gens, à se tutoyer et à s'embrasser devant tout le monde. Chaque jour, le jeune homme vient voir sa fiancée et disparaît pendant quelque temps avec elle. Hier, comme je lui faisais compliment de la beauté vraiment remarquable de sa future, il prit un air d'indifférence et m'assura qu'à ses yeux sa qualité principale était d'être *très aimante*.

Manière détournée de faire entendre qu'elle lui sacrifiera tous ses goûts et ne connaîtra d'autre volonté que la sienne. C'est toujours le même trait d'égoïsme masculin qui perce à travers une prétention exagérée à l'idéalisme. Ils font semblant de mépriser la preuve d'amour qui consiste à se faire l'amant de sa femme, pour mieux relever celle qui consiste à la traiter en servante ou du moins en pupille. Afin de rendre la ressemblance plus complète, l'homme feint de mépriser l'art de la toilette, le représentant comme indigne d'une intelligence sé-

15.

rieuse. Le baron K..., qui, sans pousser la
condescendance aux idées modernes jusqu'à
saluer poliment un inférieur, se montre tout à
fait de son temps par l'admiration sans bornes
qu'il témoigne pour les cocottes françaises, ne
cesse de plaisanter sa sœur sur ses bandeaux
lisses et sur ce qu'il appelle son costume de
quakeresse. Le fait est qu'elle s'habille très
simplement et change rarement de toilette le
soir. De petites robes grises de pensionnaire,
des vêtements calculés pour l'usage plutôt que
pour l'effet. La soie est restée, comme dans
l'ancien temps, l'apanage des femmes mariées
ou la ressource des petites bourgeoises qui
se consolent par l'étoffe de leur robe de ne
pouvoir mettre un *de* devant leur nom. Les
vraies grandes dames croient se distinguer des
autres par l'indifférence qu'elles attachent aux
détails de la toilette. Excès de raison, manque
de goût, c'est le caractère des pays protestants
et le fruit de l'éducation protestante. Le mépris
qu'elles portent aux femmes soucieuses de

plaire est visible. Le baron K... ayant fait de nouveaux efforts pour décider sa sœur à changer de coiffure, celle-ci a perdu patience et lui a demandé avec une certaine aigreur « s'il préférerait la voir se transformer en *Française* ». Le grand mot lâché, elle en a senti l'inconvenance et a donné, entre autres motifs de refus, la crainte de déplaire à son fiancé, qui pourrait la croire coquette. « Ne suis-je pas suffisamment belle, puique je lui plais ainsi? » a-t-elle ajouté par manière d'argument final.

Chez elle, ces sentiments sont sincères. Tout à l'heure, la voyant occupée, comme de coutume, à broder le linge destiné à son trousseau, je hasardai quelques allusions relatives à son mariage. Le sujet a paru lui plaire, elle a profité de l'occasion pour me dire combien « elle se sentait fière d'avoir compris l'amour de Charles ». Pas un mot de sa position future, ni des satisfactions d'amour-propre que ce mariage pourra lui procurer. La pensée sur laquelle elle s'arrête le plus volontiers est celle de se sentir aimée par un homme bon et loyal, pourvu de ce qu'elle appelle *des qualités solides*, et par conséquent capable de lui servir de guide.

Humilité parfaite, soumission aveugle et absolue à l'homme aimé. Contrairement à ce qui se passe chez nous, la femme se place d'elle-même au second rang pour laisser toute l'autorité au fiancé ou au mari. Défense d'intervenir dans ses décrets, de le questionner sur ses projets ou sur l'état de ses affaires. Le rôle d'amie, de consolatrice, exige de la discrétion, de la modestie. On n'achète point de toilettes dispendieuses, on s'arrange de façon à lui épargner des piqûres d'amour-propre et des préoccupations gênantes. Sans doute, c'est de l'amour, mais c'est descendre du rang de bonbon à celui de simple plat de ménage. Les femmes qui n'aiment pas les plats de ménage cassent l'assiette ou se réfugient dans le domaine immaculé du roman de cœur. Celui que je vais transcrire témoigne des ressources innombrables que l'imagination ici sait mettre au service du cœur.

Emmeline de D... est pauvre, un peu contrefaite, assez laide, d'ailleurs spirituelle et beaucoup trop intelligente pour se faire illusion sur elle-même. Ce qui ne l'empêche pas d'être fort superstitieuse. Son occupation favorite est de tirer les cartes et de faire collection de recettes merveilleuses pour guérir les maux·d'aventure. Au moyen âge, on l'eût brûlée comme sorcière. Quoi qu'il en soit, son pouvoir occulte ne va pas jusqu'à composer des philtres magiques, s'il faut en croire l'insuccès des tentatives qu'elle a risquées en faveur d'un ami trop sensible. Faute de parvenir à lui ouvrir un cœur déterminé à ne point battre pour lui, elle essaye de panser les blessures faites par une autre, et y réussit si bien, que le soupirant repoussé, un superbe militaire pourvu de moustaches magnifiques, se croit autorisé à ratifier le traité d'amitié par un baiser. Les Allemands vont vite, une fois lancés, et l'on venait d'échanger des mèches de cheveux quand le fougueux capitaine reçoit brusquement la nouvelle de son changement de garnison. La scène des adieux est pathétique. Naturellement, selon l'usage allemand, cela se passe dans un jardin, à la nuit tombante. Mais je cède la parole à mademoiselle Emmeline, qui la raconte ainsi dans une lettre que j'ai sous les yeux : « Il m'a entraînée sur un banc, a pressé mes mains, les a couvertes de baisers, m'a suppliée de ne point l'oublier. — Tu m'écriras, m'a-t-il dit, tu me donneras de tes nouvelles *et des siennes !* »

L'habitude de s'épancher avec ou sans besoin en phrases sentimentales amène l'habitude des caresses routinières. Faute de se trouver en tête-à-tête à l'heure du tête-à-tête, on s'embrasse devant les étrangers. L'autre soir, de M... à B..., fait route avec un jeune couple qui, à neuf heures sonnantes, se met à réciter un duo d'amour. Un échange de baisers, des serrements de mains comme s'il s'agissait d'une séparation éternelle. Tout cela pour se souhaiter une bonne nuit et avant de s'arranger commodément pour dormir.

L'été dernier, toujours en chemin de fer, je fus témoin d'une scène de tendresse moins discrète. La chose, cette fois, se passe au grand jour et devant des jeunes filles. Un petit monsieur replet, qui a l'air d'un moine devant une table bien servie, dévore de ses petits yeux ronds et perçants le visage assez vulgaire d'une jeune femme dont il presse amoureusement la taille. La belle promène autour d'elle des regards langoureux et se laisse faire. Figure rougeaude, insignifiante, abondante toison couleur de filasse, où le postiche domine. Le type de l'Allemande bête et de la femme femelle. La toilette a l'air, comme la femme, achetée au hasard. Une vieille pointe de dentelle noire accrochée aux épaves d'une robe de soie verte, un chapeau fané, dont les fleurs défraîchies se confondent avec les mèches emmêlées de la chevelure, de gros pieds lourds qui se balancent dans d'épaisses bottines sous le volant à demi déchiré d'un jupon sale. Le monsieur n'en paraît pas moins en extase. On dirait un matou qui se pourlèche les babines devant de la chair fraîche. L'eau semble lui venir à la bouche, et les paroles écœurantes s'échappent à profusion de ses grosses lèvres sensuelles. « Que mettras-tu demain, mon ange? La robe blanche, à pois noirs, ou l'autre, qui te va si bien, la bleue, en barège (prononcez *paréché*)? »

Gracieusetés de pédants, ou tendresses d'hommes ivres, nul soupçon de ce qui constitue le plaisir délicat et la galanterie fine. Je sors de chez M..., le Rothschild de la ville, un gros homme qui affecte des habitudes et par conséquent des idées modernes. Là, point de luxe à vingt-cinq sous, ni d'objets d'art qui sentent le cartonnage, comme dans la plupart des maisons allemandes. La sienne est arrangée avec goût, pleine de fleurs, remplie de jolies choses rapportées de Paris et de Londres. Le maître de la maison, un bon vivant à figure épanouie et joviale, me conduit vers sa femme, qui est ha-

billée comme une gravure de modes. Trop de
faux cheveux, traîne trop longue. Tout en cau-
sant avec moi, elle découvre une tache sur
la chemise richement brodée de son mari.
Prétexte de lutineries conjugales portant sur
la maladresse de M..., qui ne saurait prendre
un verre d'eau sans se tacher. Le mari, qui
paraît enchanté de trouver un prétexte pour
faire de l'esprit, riposte par un gros rire.
« Quand je soupe en ville, ma femme devine ce
que j'ai mangé à la couleur des taches. » Et il
énumère fort consciencieusement la nature des
diverses denrées dont madame M... a pu reconnaître la trace.

Un jeune homme à allures prétentieuses me
frappe par la façon doucereuse et vieillotte avec
laquelle il papillonne autour d'une demoiselle
vêtue d'un éclatant costume blanc et cerise. Le
jeune homme, qui est employé dans une grande
maison de banque, conte les détails d'un in-
cendie survenu chez son patron, au milieu d'un
bal. La demoiselle, qui connaît le chiffre de sa

dot, affiche des airs de dédain. « Naturellement, dit-elle, on a tout d'abord couru sauver
la caisse. » Le monsieur se redresse d'un air
indigné, et, posant la main sur son cœur avec
un geste digne d'un marquis de l'ancien régime, répond solennellement : « Oh ! non, mademoiselle, il y avait des dames. »

Il n'est pas dans le ton, il doit déplaire dans
ce milieu. Quelques femmes fort jolies, surtout
parmi les blondes. L'une, pâle et svelte dans sa
longue robe de tulle verdâtre, a l'air d'une syl-
phide éclose parmi les brouillards d'un lac al-
pestre. Le teint transparent, le regard clair, les
fins cheveux dorés dont les mèches soyeuses
viennent caresser le satin des épaules semblent
dégager de la lumière, s'éclairer aux reflets de
quelque clair de lune invisible. M..., s'apercevant que je la regarde, offre de me présenter,
me prévenant toutefois que, pour lui plaire,
il faut l'amuser. De près, je la trouve encore
plus séduisante, s'il est possible. Le regard un
peu distrait, le sourire effleuré dénotent une

imagination rêveuse et achèvent de la faire ressembler à une vision surnaturelle. Je cherche
vainement un projet de conversation qui me
paraisse digne de cette ravissante personne,
quand, m'interrompant dès le début, elle donne
brusquement un autre tour à l'entretien et me
demande si je connais Cora Pearl. Je suis bien
forcé d'avouer que non. D'abord, mon interlo-
cutrice semble douter de ma bonne foi, puis,
sur ma dénégation formelle, assure que ma
réponse l'étonne. « A votre place, ajoute-t-elle,
je voudrais la connaître. Les hommes sont si
heureux de pouvoir s'amuser. »

Cette rudesse et ces fadeurs paraissent également sincères. Un cheval sauvage lâché parmi
des chevaux bien dressés et dociles se met tout
naturellement à ruer et à hennir. Brutalité ou
fadeur, affectation de matérialisme ou d'idéalisme, sensibilité vraie et sentimentalité fausse,
selon l'éducation des personnes ou la position
qu'elles occupent, le contraste est bien exprimé
par les vers du poète Henri Heine, un Allemand

défroqué, qui n'a feint d'aimer la France que
pour trouver un prétexte d'éreinter la Prusse.
Au fond, c'est un Prussien comme la Margrave
de Bareith, autre Allemande défroquée qui,
dans un accès d'humeur piquante, représente
son frère, le grand Frédéric, protestant, par un
mouvement de retraite, contre les séductions
trop vives d'un divertissement goûté à la cour
catholique de l'électeur de Saxe. Quelquefois, un compromis s'établit, ainsi que cela se
voit chez le conseiller L... : un vieux garçon
délabré qui, après avoir eu la réputation d'un
Lovelace, habite avec sa mère, soigne son estomac, entretient à domicile une petite fille à aspect décent qui raccommode le linge, habille la
dame du logis, lui tient au besoin compagnie,
et, pour prix de tant de services, a obtenu la
permission de dîner à table. Le pasteur N..., de
qui je tiens ces détails, assure qu'ils s'appli-
quent à des personnes considérables, respec-
tées, desquelles il croit pourtant devoir s'écarter
depuis que madame L..., la mère, a abandonné

la confession de foi luthérienne pour suivre le culte de l'Église unie, religion d'État de la Prusse. Qu'on relise, si ces détails paraissent invraisemblables, la fameuse lettre dans laquelle la présidente de Gœthe, mère de l'illustre écrivain, lui demande comment va *son trésor de lit,* ajoutant qu'elle aime *ce qui divertit son fils* et peut contribuer à ses plaisirs.

En résumé, la délicatesse manque. Libertins ou moralistes, idéalistes ou positivistes, en fait de plaisir comme de morale, ils n'ont ni le goût fin ni le tact sûr. A travers tous leurs raisonnements d'athées ou leurs scrupules de protestants, on retrouve toujours les mesquineries et les tristesses d'un pays privé de chaleur et de soleil. La vertu y sent le beurre rance; le libertinage y exhale d'âcres senteurs de brasserie ou des émanations de bête fauve.

II

LES JEUNES FILLES

... . Que signifie, tout d'abord, ce fameux mot de *fémininité* (*Weiblichkeit*), dont les Allemands se servent pour désigner une qualité qui manque, s'il faut les en croire, aux femmes françaises ? J'ai bien cherché et vainement consulté à ce sujet un monsieur qui est père de quatre grandes filles et par conséquent aurait dû pouvoir m'éclairer. Mais, en fait d'explications, les Allemands ont coutume d'être un peu vagues, et l'on parvient difficilement à leur arracher quelques exemples visibles. Si j'en juge par les renseignements obtenus, la qualité

dont il s'agit comprendrait parmi ses principaux effets :

L'art de surveiller le rôti et de s'entendre à
tordre, au besoin, le cou à un poulet; le sentiment du respect filial et de l'amour conjugal
se traduisant par des actes comme : nettoyer à
temps les tuyaux de pipe, ou faire chauffer les
pantoufles en hiver.

Ne pas s'aviser de réfléchir sur des sujets
réservés aux hommes, et admirer de confiance
tout ce que ceux-ci peuvent dire ou faire,
c'est-à-dire demeurer condamnée toute la vie
aux lisières, vivre et mourir prosternée devant
un monsieur qui croit vous honorer en vous
accordant le droit de lui cuisiner de bons plats
et d'entretenir son linge.

Les jeunes filles ne demandent pas mieux
que de se plier à ces idées; elles lisent les romans de Dickens et s'efforcent de perfectionner
leur culture intellectuelle en s'essayant à composer des vers mélancoliques ou des stances
sur le bonheur de la vie future. Car il est à

remarquer que les plus gaies et les mieux por-
tantes se complaisent généralement aux pensées tristes et affectent de ne pas tenir à la vie.
J'ai pu juger de cela chez madame de M***, dont
les filles venaient de recevoir la visite d'une
amie de leur âge. « Eh bien, a demandé le
grand frère, qu'est-ce que Marie a dit de nouveau? » Laure, l'aînée, a pris la parole : « Marie
a toujours des idées romanesques. Elle prétend
qu'elle n'aimera jamais qu'un homme mince et
pâle, ayant des cheveux bruns et des yeux noirs.
Avant tout, il faut qu'il soit mince et pâle. Tandis qu'elle nous faisait ces confidences, le ciel
s'est couvert, et j'ai cru qu'il allait pleuvoir.
« As-tu peur des éclairs? » lui ai-je demandé.
Elle m'a répondu qu'elle ne tenait pas à vivre
et aimerait bien à mourir frappée par la foudre.
J'ai trouvé cela très mal, d'abord parce que
cela est impie, et puis à cause de sa mère, qui
n'a qu'elle et l'aime beaucoup. Je lui ai reproché
son égoïsme, mais elle n'a rien répondu, a
souri, haussé les épaules, et s'est baissée pour

cueillir l'œillet rouge qu'elle avait dans les cheveux quand elle est rentrée au salon... »

Mécontentement secret, vagues aspirations
vers une condition meilleure, plutôt que besoin
d'affection partagée et de tendresse véritable.
Cela s'accorde avec ce que j'ai cru remarquer
chez mademoiselle M***, personne très intelligente, très fière, presque Française par la vivacité de ses réparties et par la grâce de ses
manières. Elle est très belle, très hautaine,
se moque de son père, qui, ayant fait fortune dans l'industrie, se promène dans des
voitures à ressorts dorés ; méprise sa mère,
brave personne qui, selon l'ancienne coutume,
se croit obligée de surveiller la confection du
menu ; a refusé les plus beaux officiers de la
garnison voisine, et plus de dix fois le titre de
baronne et de comtesse ; va probablement dé-
soler sa famille en suivant ce qu'elle appelle
l'impulsion de son cœur, c'est-à-dire en se passant le caprice d'épouser un homme dépourvu
de talent et de fortune, mais qui se dit artiste et

16

par conséquent a trouvé le secret de lui plaire.

Manque d'urbanité et parfois manque de cœur, esprit de contradiction, sécheresse impitoyable et étroitesse d'esprit incurable, entretenus par la barbarie des vieilles mœurs et la mesquinerie des vieux usages : voilà ce qu'on rencontre chez les intelligentes, celles qui se piquent d'être modernes et ne veulent point être dupes. J'aime encore mieux les naïves, qui donnent dans le piège et satisfont, comme la petite R..., leurs penchants romanesques par la rédaction d'un cahier sur lequel elles inscrivent des extraits de leurs auteurs favoris, et combien de fois elles ont valsé avec monsieur un tel. Le hasard a mis sous mes yeux l'un de ces petits cahiers, et j'y trouve la phrase suivante, placée en tête d'une longue improvisation sur les félicités du bonheur intime : « Je l'ai vu hier pour la seconde fois ; il a dîné chez nous et s'est arrangé de façon à me serrer les doigts en me tendant l'assiette au fromage. »

Sentiment et fromage, tout est là, et ces

deux mots, en apparence si opposés, résument
à merveille la sensation produite par l'aspect
de ce bonheur. Elles manquent de finesse,
n'ont point cette délicatesse innée qui garantit
des erreurs et préserve du ridicule. La preuve,
c'est que l'homme à l'assiette n'a pas eu à
se repentir de son audace et s'est fiancé à
la jeune personne de son choix. Elle est
fille d'un commerçant riche, assez gentille,
ce qu'on appelle un bon parti. Le prétendu
manque de fortune, mais passe pour un savant distingué et va probablement obtenir une
chaire de professeur à l'université de G.... Cela
seul explique comment il est parvenu à se
faire aimer d'elle. Elle le voit grand homme et
par conséquent ne s'aperçoit pas qu'il est gauche, mal bâti, prétentieux, avec les allures d'un
despote et l'éloquence d'un cuistre. Je les ai vus
l'un et l'autre chez M. D... Elle m'a paru très
éprise et peu soucieuse de le cacher; lui, tout
au contraire, affecte l'air grave d'un homme qui
connaît son mérite et ne veut point le prodiguer.

Il s'occupe médiocrement de sa fiancée; mais, en revanche, il parle beaucoup de lui-même et d'un voyage qu'il va faire. J'ai d'abord cru qu'il s'agissait du voyage de noces. Mais on m'a détrompé, disant que le prétendu souhaitait reculer de six mois l'époque de son mariage, afin de profiter du reste de sa vie de garçon pour voyager. Est-ce pour acquérir les lumières nécessaires à l'état d'homme marié? Quoi qu'il en soit, c'est tout l'opposé chez nous, où la première condition du bonheur en amour est de rester ensemble. Je n'ai pu m'empêcher de manifester quelque surprise à propos d'un arrangement qui m'a paru si contraire aux félicités d'un penchant réciproque. On m'a très sérieusement répondu que la présence des femmes gênait le plus souvent en voyage, ou du moins empêchait d'en tirer tout le profit possible. La jeune personne, qui brodait à deux pas de là, paraissait trouver cela tout simple et parfaitement juste. Elle n'est point inquiète, elle n'est point jalouse; on n'est jaloux que lorsqu'on

aime, et celle-ci confond tout simplement
l'amour avec le désir d'aimer. J'ai remarqué
que la plupart des mariages allemands *dits
d'inclination* se faisaient ainsi. Les jeunes filles
ont si basse opinion d'elles-mêmes, on leur a
tant de fois et si bien représenté l'infériorité de
leur condition de femme, qu'elles ont fini par
y croire et se sentent honorées par la recherche
du premier monsieur venu, par cela même qu'il
est monsieur et peut être pourvu du grade de
docteur.

Toujours, quoique dans un autre sens, l'histoire de Marguerite répondant aux fadaises que
Faust lui débite : « Monsieur est trop bon (elle
le respecte trop pour lui dire *vous*), et je sens
bien que c'est par condescendance seule qu'il
daigne causer avec moi. Les voyageurs veulent
bien se contenter de ce qui leur tombe sous la
main; mais je sens qu'un homme instruit ne
saurait se plaire longtemps dans la société d'une
pauvre fille. » De bonnes petites créatures,
sans doute, incapables de résistance, malléables

16.

comme de la cire et qui, à un moment donné, s'estimeront trop heureuses de se sacrifier corps et âme pour l'agrément du personnage qui jugera à propos de les épouser ou de les séduire. Et nous nous étonnons du nombre relativement considérable d'enfants naturels que l'on rencontre en Allemagne!

Vicieusement naïves, ou innocemment vicieuses.

Voici le portrait abrégé de la personne que Gœthe croit devoir canoniser à la fin du roman des *Affinités électives*.

Elle a dix-huit ans, elle est orpheline, pauvre; elle a été élevée par les soins d'une parente riche, excellente et généreuse personne qui, deux fois mère, met le comble à ses bienfaits en l'accueillant chez elle, la traite en demoiselle, l'impose à ses parents, à ses domestiques, à son mari. La demoiselle l'en récompense en lui enlevant le cœur de son mari, auquel elle cherche à s'unir légitimement en vertu de la loi qui autorise le divorce en Allemagne, et en fai-

sant périr, par son inadvertance, le baby dont
elle s'est constituée la gardienne. Après un
bon mouvement, suggéré par le remords et
quelque temps entretenu par le regret, elle revient sur ses pas, soutenue par la faiblesse de
son amant, et redemande son ancienne place
au foyer qu'elle est venue troubler. Un jour,
cependant, elle croit reconnaître qu'elle a certains torts à se reprocher et prend noblement
le parti de se laisser mourir de faim. Mort
théâtrale, qui prête aux situations dramatiques
et appelle tout naturellement sur sa tête la ca-
nonisation prononcée par Gœthe. Pourquoi lui
refuser son auréole de sainte, de vierge et de
martyre? Son panégyrique est dans la bouche
de toutes les ménagères qui s'intéressent à la
réussite des confitures et au succès de la lessive.
De plus, elle connaît la botanique; elle s'entend
à la culture des fleurs de serre; elle possède un
album doré sur tranche où, sous forme de journal, elle inscrit des passages extraits des livres
qu'elle a pu lire ou des remarques sur les per-

sonnes qu'elle a pu rencontrer. Bonne ménagère et facile : sachant repasser et écrire... C'est la perfection rêvée par Gœthe, l'idéal poursuivi par la plupart de ses compatriotes. Celle-ci s'impose aux femmes parce qu'elle s'entend à serrer le linge et à plier les serviettes, aux hommes parce qu'elle flatte leurs goûts et n'a rien à leur refuser dans l'intimité du tête-à-tête, le tout innocemment, en ingénue, de l'air de la vertu même, avec la chasteté émoustillée d'Agnès et la candeur rougissante de Marguerite.

Une autre, celle-ci de chair et d'os, s'est fiancée à quatorze ans à un jeune homme riche. Deux ans après, d'elle-même et sans motif apparent, elle manifeste tout à coup l'intention de rompre. Le père, outré de ce qu'il considère comme un caprice, refuse de dégager sa parole. Elle se retire. disant qu'elle se chargera elle-même de communiquer sa résolution au futur. Le futur, qui l'adore, vole chez le père, avoue que, aimant passionnément sa fiancée, il l'a séduite afin de se l'attacher d'une façon indissoluble. Scène épouvantable, à la suite de laquelle la jeune personne reçoit l'ordre de se soumettre. Elle résiste, répond qu'elle se jettera dans le puits avant d'épouser l'homme qui a abusé de son ignorance pour la séduire.

On la blâme, et les mêmes femmes qui s'accordent pour excuser sa chute s'accordent pour blâmer sa désobéissance. Elles devraient se borner à blâmer des mœurs qui permettent à une jeune fille de se promettre longtemps avant de pouvoir se donner, et comprendre qu'une femme libre de disposer d'elle-même avant d'être en état de réfléchir devrait être libre de se reprendre dès qu'elle est capable de réfléchir. Notez que leur éducation, toute faite pour encourager les occupations matérielles, nourrit l'habitude des rêveries sentimentales. Les filles de madame de W..., baronnesses-nées, comme on dit en Allemagne, mais pourvues d'une dot assez mince, passent une grande partie de leur temps dans la cuisine, auprès d'une vieille servante chargée de leur instruction culinaire. « Leurs

maris, dit fort sensément la baronne, seront
bien aises de trouver des femmes capables de
se tirer d'affaire s'il leur prend fantaisie d'inviter
un ami à dîner à l'improviste. » La bonne dame
prend ses filles pour des merveilles d'activité,
parce que l'été, à la campagne, elles se lèvent
dès quatre heures du matin pour aller courir les
champs ensemble. Le prétexte de ces prome-
nades est de cueillir des fleurs pour les tresser
en guirlandes destinées à orner le caveau de la
famille. Cette visite quotidienne au cimetière
voisin ne leur inspire point d'idées tristes. Elles
partent en chantonnant des rondes populaires
ou des chansons grivoises dont le sens leur
échappe. Une vieille gouvernante, qui se pique
de connaître les habitudes françaises et se croirait perdue de réputation si elle ne défendait à
ses élèves de se tutoyer lorsqu'elles parlent le
français, et ne leur enseignait à dire *gazette*
pour journal et *septante* pour soixante-dix, leur
enseigne un peu de broderie et de dessin dans
l'intervalle des six-repas qui s'espacent entre six

heures du matin et neuf heures du soir. J'allais oublier les longues siestes qui suivent ces repas et pendant lesquelles ces jeunes filles disparaissent pour aller rèver ou dormir, à demi déshabillées, entre les lits de plume de quelque chambre vacante.

L'autre jour, l'arrivée de leur frère leur servait de prétexte pour offrir à goûter à une douzaine d'amies intimes. Les mamans travaillaient dans la pièce voisine, les jeunes gens faisaient ouvertement la cour aux jeunes filles qu'il leur plaisait de distinguer. Pourtant ce manège ne ressemble point au *flirting* anglais, qui provient d'un état d'enivrement moral et d'une préférence passagère souvent due au désir de s'amuser davantage. Malgré le rire qui les anime, les physionomies, ici, sont moins insouciantes et plus émues. On dirait, à les voir, que ces jeunes gens se savent surtout réunis dans le but de se chercher et de se choisir. Ce mouvement perce jusqu'à travers les répulsions apparentes qui, bien souvent, déguisent des sympathies secrètes. Kurth, le héros de la fête, est un élégant jeune homme, à figure fine et dédaigneuse, un page habillé en militaire. Pas d'esprit, mais beaucoup de race. Il triomphe surtout au théâtre, où, le dos tourné à la scène et le lorgnon à l'œil, il s'amuse à scandaliser le public par sa tenue arrogante. Naturellement, les femmes l'adorent, tout en feignant de le détester. « J'ai peur de lui, il ressemble à Méphistophélès, » me disait la fille du pasteur, une ravissante petite bourgeoise qui semblait faite pour jouer le personnage de Marguerite et ne sut comment déguiser sa joie quand le séduisant baron s'approcha d'elle pour l'inviter à danser.

Emphase bourgeoise et niaiserie juvénile propices aux perfides projets du faucon qui guette sa proie, ou soumission religieuse au culte qui ordonne l'adoration aveugle du principe masculin représenté par le fiancé ou par le mari ; au fond, c'est la même rêverie déguisée sous une autre forme. Affaire d'éducation et de famille, de tempérament et de caractère ; elles ne se distinguent que par la manière dont elles succombent et par l'importance qu'elles attachent à leur défaite.

III

LA TRINKHALLE — QUATRE HEURES DU MATIN

Les buveurs d'eau dépourvus de prétention et qui aiment leurs aises. Ils sont venus là au saut du lit, en pantoufles, les cheveux ébouriffés et sentant la pipe de la veille, affublés d'une vieille robe de chambre ou d'une redingote crasseuse. Quelques-uns descendent coiffés d'un bonnet grec, d'autres d'un simple foulard. Un monsieur dont les chaussettes retombent sur le bord éculé d'une pantoufle traîne derrière lui un long morceau de ruban blanc échappé on ne sait d'où et destiné à rattacher on ne sait quoi.

Un autre s'en aperçoit et met le pied dessus afin de lui faire une niche.

LA TABLE D'HÔTE

Salle à manger trop petite. Plusieurs tables. Température d'étuve. Commencement de dispute entre deux personnes dont l'une suffoque et dont l'autre redoute les courants d'air. La fenêtre reste fermée; mais on ouvre la porte, ce qui permet de sentir d'avance l'odeur des mets. A ma table, une quinzaine de convives. Une grosse chanoinesse joviale, qui reprend de tout et ne tarit pas en éloges sur la cuisine; un officier qui bégaye et renverse son verre sur la nappe, une baronne bavaroise qui passe pour pleurer son troisième époux et chanter avec trop d'âme; un conseiller aulique qui ne dit mot et mange pour ainsi dire mystérieusement; un négociant israélite qui demande à être servi le dernier, afin de pouvoir vider le compotier sur son assiette; une vieille demoiselle sèche qui garde ses mitaines pour manger et lève le

petit doigt quand elle porte le verre à ses lèvres; j'allais oublier la femme et la fille d'un
négociant de Francfort, deux jolies personnes,
habillées avec goût, s'exprimant avec discrétion,
ce qui leur attire naturellement la bienveillance
des autres dames. L'intéressante veuve des
trois époux hasarde des sorties aigres contre
les femmes qui ruinent leurs maris en toilettes,
et la vieille demoiselle sèche lance des phrases malveillantes contre le manque de tact
des femmes *qui ne savent pas vieillir.* Ceci
s'adresse à la mère, qui n'a pas quarante ans
et est restée belle. Intermèdes fournis par l'officier, qui, pour varier ses plaisirs, renverse cette
fois simplement son carafon, et par l'entrée
de l'improvisateur aveugle, gros homme à physionomie épaisse qui sent le vin, transpire à
grosses gouttes et roule dans l'espace des pru-
nelles blanches, vides, effrayantes. Il salue
humblement la compagnie et prie l'une des
dames de vouloir bien indiquer le sujet sur
lequel il devra improviser. La vieille demoi-

selle prétentieuse lui demande quelques vers en l'honneur de « l'ondine bienfaisante dont la source rend la santé aux malades ». Comme son voisinage m'incommode, je l'invite à être bref. Il réfléchit, prend l'air inspiré et récite d'un timbre de voix solennel une douzaine de vers dont le but final est de prouver que le meilleur moyen de témoigner sa reconnaissance à l'ondine est de se montrer charitable envers le pauvre.

LA PROMENADE — TROIS HEURES

Décor d'idylle. — Un vallon embaumé, gazonné ; un capitonnage de verdure humide, un nid de feuillage et de fleurs jeté entre des forêts de sapins gigantesques. Des allées sombres, des eaux courantes ; de vieux arbres autour desquels s'enroule le chèvrefeuille ; des sources limpides qui murmurent dans l'obscurité, de frais ruisseaux qui bruissent et scintillent dans l'ombre traversée par des sillonnements de lumière. Des passerelles, des ponts rustiques ; aux plus jolis endroits, des kiosques pourvus de colonnes qui rappellent la forme d'un temple grec, d'élégantes fontaines d'où l'eau s'échappe entre des enroulements de feuillage. Des profusions de fleurs, de plantes agrestes, et le sourire du grand ciel bleu et calme qui s'étale au-dessus du riant paysage et déploie son azur entre deux rangées de sapins sombres...

Peu de monde sous les arbres. Une vieille dame, habillée de noir, à l'air chagrin, tricote sur un banc en compagnie d'une jeune fille bien mise. La jeune fille élégante est la femme de chambre. La dame, couperosée et coiffée du chapeau de dévote, est la comtesse de G..., chanoinesse du chapitre d'Y..., personne très fière et qui passe pour être entichée de sa noblesse au point de ne vouloir parler à personne. Une jeune dame blonde, accompagnée de quatre enfants et escortée de deux bonnes, passe sans avoir l'air de la remarquer. C'est, me dit-on, la fille légitimée du grand-duc de W... Elle est mariée au comte d'Y..., un petit potentat qui règne sur quatre mille sujets et maltraite sa femme. En revanche, elle possède le titre d'Altesse sérénissime et se croit le droit de mépriser tout ce qui est au-dessous d'elle.

Les allées sont désertes, la foule fashionable circule autour des boutiques alignées à l'entrée de la promenade. On visite l'étalage de la marchande d'ivoires sculptés, on va dire bonjour au Tyrolien, un beau garçon qui se pavane dans son costume national et fait de la couleur locale afin de pouvoir vendre sa marchandise plus cher. Le voilà qui tutoie, selon l'usage de son pays, cette jolie personne rieuse qui habite l'hôtel avec sa mère et a de si belles épaules. Il lui essaye des gants et profite de l'occasion pour lui vendre ce qu'il appelle un « anneau sympathique ». Excellent prétexte pour lui glisser à l'oreille quelques fadeurs qui font sourire la mère et n'ont point l'air de fâcher la fille.

LA TERRASSE — 5 HEURES

Monde mêlé. Quelques types aristocratiques parmi des figures lourdes d'employés ou de rentiers en vacances. Les hommes manquent de tenue, ont généralement l'air empâté et vulgaire. Quelques-uns fument la pipe en buvant de la bière. Presque tous causent bruyamment, n'ont pas l'air de s'apercevoir qu'il y a des femmes, ou les accablent de compliments fades. Une jeune fille accroche son chapeau à une patère, la garniture du chapeau effleure la tête d'un monsieur chauve. La mère s'en aperçoit et veut retirer le chapeau. Mais le monsieur proteste que cela ne le gêne pas, ajoutant « qu'un vieux barbon de son âge est trop heureux de sentir se balancer au-dessus de lui les rubans d'une jeune fille ». Galanterie lourde, empreinte d'une sorte de bonhomie surannée et paterne. Elles l'acceptent, le sourire aux lèvres, en rougissant, ou bien avec des éclats de rire mêlés de petits gazouillements enfantins et de petits gestes naïfs. Les femmes mariées sont presque toutes fanées avant l'âge ; en revanche, de très jolies jeunes filles resplendissantes de santé et de fraîcheur, d'admirables chevelures blondes de cette teinte d'or fluide si chère aux vétérans de la peinture allemande. Elles seraient charmantes si elles savaient s'habiller. Mais la plupart prennent la parure pour l'élégance. Nulle entente de la coupe, de l'assortiment des couleurs. Trop de fleurs au chapeau ; trop de rubans au corsage ; des robes trop décolletées ou trop montantes, trop larges ou trop étroites ; des dentelles fausses où il en faudrait de vraies, de vraies dentelles où l'imitation pourrait suffire. Une admirable personne, cette belle jeune fille qui se promène au bras de son père, un monsieur couvert de décorations et qui a l'air compassé d'un diplomate. Elle est grande, blonde, svelte, blanche comme un cygne, et, quand elle marche, ses pieds n'ont pas l'air de toucher la terre. Le type accompli de la grande dame étrangère, une de ces pa-

triciennes nées qui semblent mises au monde
pour distribuer à volonté des dédains ou des
grâces. Sa robe , garnie de valenciennes et
blanche sur un dessous mauve, traîne derrière
elle et peut paraître un peu riche pour une
jeune fille. Mais un pareil maintien fait tout
passer. Quelle hauteur dans la démarche ,
quelle assurance froide dans son regard indifférent et pourtant aimable ! Elle voit tout sans
avoir l'air de rien remarquer et se considère
évidemment comme appartenant à une race à
part, celle des personnes devant lesquelles le
reste des mortels s'agenouille.

Rires bruyants ; le son d'une voix saccadée
et stridente. Cela part d'un groupe d'officiers.
L'orateur est le comte d'Y..., ce petit souverain
dont je parlais tout à l'heure. Un singulier personnage, le type achevé du soudard et du reî-
tre. Grand corps efflanqué , membres osseux,
physionomie énergique, vastes moustaches effi-
lées en forme de croc, l'air dur et les gestes
cassants d'un homme qui bat ses enfants et cra-

vache ses domestiques. Il passe pour être grand joueur et très endetté. Par exception, il n'a pas la pipe à la bouche et raconte avec bonheur et à qui veut l'entendre certaine histoire malpropre où il a figuré. Cela se passe à l'hôtel, au bout d'un corridor, dans l'un de ces réduits où généralement on n'entre point sans s'enfermer. Cette fois, on a oublié de pousser le verrou, et le prince, pénétrant brusquement dans le réduit, s'y trouve nez à nez avec une dame dont il cite le nom et qui manque naturellement de s'évanouir.

Les musiciens arrivent : de pauvres hères mal vêtus, à aspect mélancolique, qui jouent consciencieusement et laborieusement une longue suite de symphonies et d'ouvertures. Je remarque que les conversations s'arrêtent généralement au début d'un morceau. On fait silence pendant les premières mesures, on s'interrompt pour citer le nom du morceau qu'on va jouer. Cela fait, les auditeurs reprennent leur conversation en apparence indifférente à la musique. Cependant, ils n'en perdent pas une note. La preuve, c'est qu'ils remarquent la moindre faute et s'empressent de fredonner le passage dénaturé ou manqué.

LE SOIR, AU KURSAAL

Concert d'amateurs, mélodies de Schubert déclamées plutôt que chantées par la veuve expansive, solo de violon exécuté par un jeune homme réputé grand musicien, qui passe pour jouer de tous les instruments imaginables et, par conséquent, joue mal de tous. Il va, faute d'un accompagnateur, refermer sa boîte à violon, quand la jeune fille du dîner, qui écoute attentivement dans un coin, se lève sur un signe de sa mère, traverse le salon, offre ses services, s'assied sans embarras au piano et déchiffre à première vue un accompagnement des plus difficiles. Elle ne cherche point à briller ni à faire valoir son habileté de pianiste : elle se sait réduite au second rôle et n'essaye point d'en sortir, se bornant simplement à seconder

son partner et à éviter les fausses notes. Le
morceau terminé, elle va retourner à sa place,
quand, quelqu'un s'étant approché d'elle pour
la prier de jouer seule, elle se rassied et joue
divinement l'andante et le finale d'une sonate
de Beethoven. Tout cela, d'un air sérieux et
honnête, convaincu et simple qui touche et
dénote un grand sentiment de la musique joint
à une absence totale de coquetterie vulgaire.

IV

QUELQUES TYPES D'ALLEMANDES

Casino de S... — La Terrasse.

Une galerie qui donne sur un parc anglais,
des murs décorés de fresques qui représentent
des groupes de nymphes et de nixes, des femmes
qui travaillent assises devant de petites tables
ou se promènent en cherchant à retrouver des
figures de connaissance. Plusieurs visages me
frappent par leur expression sèche ou onc-
tueuse. Absence complète des jolies noncha-
lances et du gracieux abandon par lesquels la
Parisienne se distingue. Rien d'alerte dans la
physionomie, ni de vif dans les gestes. Chez
quelques-unes, l'air réfléchi et calme, un peu

maîtresse d'école, des manières trop raides ou
trop prévenantes, un excès de réserve hautaine
ou de politesse cérémonieuse. Voici deux dames
qui ont l'air tout miel et tout sucre. Cheveux
jaunes lissés en bandeaux plats, teint blond et
dents blondes. Des femmes de pasteur, à en
juger par leurs costumes grisaille d'une simplicité proprette et froide comme l'intérieur d'un
temple évangélique. Des compliments à n'en
plus finir, des inflexions de voix câlines et traînantes, un ton de psalmodie et de complainte
pour se confier comment elles ont dormi et ce
qu'elles ont fait le matin.

Quelques jolies femmes, plusieurs carica-
tures, entres autres l'horrible baronne qui, trop
fière pour porter des tissus qui sortent de 'la
main roturière du marchand, leur fait d'abord
prendre l'air. Figure revêche de vieille folle
orgueilleuse, une sorte de sorcière malpropre
fagotée de soieries déteintes et de dentelles
rousses. Sa fille, une petite personne rachitique
et difforme, à figure de victime, demande hum-

blement la permission d'aller dire bonjour à
une amie probablement empêchée, par l'infériorité de son rang, de venir la saluer la première. Elle se lève, et, sans paraître embar-
rassée de sa bosse, traverse la galerie pour
aller souhaiter le bonjour à deux dames. La
plus jeune est bien belle, malgré la coupe un
peu provinciale de son costume. Des gants
trop longs et trop larges, un pied trop fort
et chaussé d'une façon patriarcale. Mais quel
air de bonté et de candeur! les joues roses
ont le velouté de la pêche; les grands yeux
bruns limpides, le beau sourire divinement
calme et d'une sérénité presque primitive
rayonnent de bonté vraie et de commisération
tendre. Un geste charmant lorsqu'elle se lève
pour placer un tabouret sous les pieds de son
amie souffrante. Celle-ci se plaint de sa santé.
« Que ne puis-je vous donner un peu de la
mienne! » répond l'autre; et, à la façon dont
elle le dit, on sent qu'elle le ferait, si cela était
possible.

Par exemple, rien de trivial, même chez les laides. Des cuisinières, peut-être, mais d'honnêtes cuisinières capables de comprendre Schiller et d'interpréter, au besoin, une mélodie de Mozart. Mademoiselle F..., cantatrice du théâtre royal de X..., peut passer pour le modèle du genre. Franchement laide, mais une musicienne fanatique qui ne vit que par et pour son théâtre. D'ailleurs bonne, sérieuse, enthousiaste. On la dit républicaine, et l'on conte tout bas qu'elle a failli être emprisonnée pour avoir procuré des journaux français à des soldats prisonniers. Par exemple, habillée à faire frémir. Un vieux chiffon de dentelle noire jeté sur les restes d'un costume de percale, une sorte de petit chapeau de chien savant dont la tournure audacieuse jure avec l'honnêteté du regard. Quand je pense au parti qu'une *prima donna* française, même laide, saurait tirer de cette belle taille imposante et de ces cheveux magnifiques!

Là-bas, la comtesse de L..., fille naturelle d'un souverain allemand, passe, accompagnée de sa gouvernante, sorte de dame d'honneur à allures gothiques, qui l'entoure de respect et l'appelle Altesse. La jeune comtesse a le plus grand air sous sa longue robe noire traînante et les bords rapprochés de son petit chapeau de bergère. Un port de reine, le regard pensif et romanesque d'une châtelaine du moyen âge. On croit voir la princesse Elsbeth dans *Fantasio*, ou cette belle chanoinesse de Gunderode, qui mourut d'un amour dédaigné pour le philosophe Kreutzer, gros bonhomme qui passait sa vie à boire des chopes et à faire des réussites avec des mots inintelligibles. Vrai type d'Allemande légendaire que celui de cette adorable chanoinesse, se noyant faute de pouvoir plaire à son philosophe. Très belle, très fière, avec une pointe de sauvagerie native et de timidité singulière. Elle eut l'audace d'avouer sa passion pour Kreutzer, et tremblait comme une feuille quand par hasard il lui fallait réciter le *Benedicite* à table.

La grosse comtesse, ou, comme on dit ici, la

générale S... Celle-ci n'a point l'air tendre.
Figure décidée et martiale, regard impérieux,
épais chignon noir traversé par un petit sabre
d'écaille, l'air d'une femme qui fait autorité
dans son cercle. Suivant sa coutume, elle parle
de la France pour la décrier. Tout d'abord,
elle attaque nos salons, dont la réputation lui
paraît usurpée. Les hommes sont des bavards
présomptueux, les femmes des poupées insi-
gnifiantes. Suit une violente diatribe contre ce
qu'elle appelle le caractère grossier et cor-
rupteur de notre littérature moderne. Le style,
comme le sujet des romans de Flaubert, lui
paraît vulgaire. Même reproche au sujet d'un
roman récemment publié. Elle ne comprend
pas comment des gens qui prétendent être
bien élevés peuvent s'intéresser aux faits et
gestes d'une petite bourgeoise vicieuse, ou bien
aux égarements ridicules d'une fille noble. Évidemment, l'effet produit par la justesse du trait
et l'originalité de la sensation lui échappe, elle
juge des choses au point de vue purement moral

et sans se préoccccuper de leur valeur artistique. A travers toutes ces banalités débitées
d'un ton tranchant et brutal, des éclairs de gros
bon sens, un mot original et sévère à l'endroit
de ceux de nos journaux qui se piquent dêt re
graves. « Lisez-vous le *Journal des Débats?* »
lui demande quelqu'un. Elle proteste ironiquement. « Le *Journal des Débats!* quelle plaisanterie! Est-ce que ces gens-là savent rédiger une
feuille sérieuse? En fait de journaux français, je
lis céux qui font rire, le *Figaro*, par exemple. »

Toujours l'ancienne croyance d'après laquelle
nous ne sommes bons qu'aux rôles de pantins
et de polichinelles.

La conversation s'interrompt à l'arrivée de
deux petites filles dont l'une semble avoir à
se plaindre de l'autre. « Madame, dit l'aînée, la
comtesse Aurore prétend que je ne suis pas
demoiselle, parce que maman n'était pas noble. »
J'entends d'ici la réponse d'une maman parisienne : « Vous êtes l'une et l'autre de petites
sottes ; voilà ce qu'il y a de plus clair. Retournez

à votre jeu, et tàchez de ne plus vous disputer. »
Mais, eussent-elles cinq ans, ces choses ne se disent pas, en Allemagne, à des comtesses. On pré-
fère apostropher l'institutrice, lui dire durement
qu'on la renverra si les enfants recommencent.

Évidemment, elles sont tout poésie ou tout
prose. Des vierges de Holbein ou des madones
de Raphaël, des sylphes éthérés et pourvus
d'ailes ou de solides créatures dont les pieds
mériteraient le nom de trottoirs. Pas de milieu
entre la grande poésie primitive des nations
barbares et la sèche prose qui découle des doctrines utilitaires et protestantes telles qu'on les
interprète en Prusse. Mais la prose domine.
L'esprit de subordination et de caste qui s'em-
pare d'elles dès l'enfance leur imprime une
sorte de raideur désagréable ou d'humilité onc-
tueuse. Elles s'acquittent de leurs devoirs en
servantes ou dictent des ordres en souveraines.
Point de manèges coquets, nulle intelligence
des petites habiletés par lesquelles nos femmes
françaises s'entendent à capter l'attention et à

accaparer les hommages. L'éducation toute
bourgeoise ou tout aristocratique des Allemandes leur enseigne à considérer tout effort
de ce genre comme méprisable et inutile. Ou
plutôt leurs moyens de plaire sont assortis aux
goûts de ceux auxquels elles devront plaire. Les
Allemands, manquant de ce que nous appelons
un *salon*, manquent nécessairement de ce que
nous entendons par une *femme de salon*. Les
leurs s'effrayent de ce qui plaît aux nôtres.
Ainsi l'entrain et la verve qui, dans *Julia de
Trécœur*, comme dans *Renée Mauperin*, éclatent
en réflexions saugrenues et en saillies origi-
nales, sont simplement pour elles le signe d'un
cerveau détraqué et d'une imagination malade.
« Pourquoi s'occuper d'un fou ? » me disait
dernièrement une dame allemande fort distinguée à qui je demandais son opinion sur le
poète Heine. En résumé, le nerf manque : et
elles nous accusent de nous agiter dans le vide,
parce qu'elles ne comprennent rien aux pétille-
ments d'un esprit agile.

V

J'ai compté deux types principaux d'amateurs qui renferment tous les autres. L'amateur
conservateur, qui est de bonne foi, aime Bach,
admire Mozart, goûte Beethoven; s'exprime
avec simplicité, se conduit avec mesure, et
l'amateur révolutionnaire, qui dédaigne la mélodie, méprise l'harmonie, ne feint d'aimer la
musique que pour contrarier les lois du bon
sens et mettre des charlatans à la place des
maîtres.

M. X.., ancien journaliste, pose pour le *wa-
gnérisme*, comme la plupart des Allemands qui
s'imaginent avoir à se plaindre de leurs sem-

blables. Manière inoffensive de faire de l'opposition. Là-bas, on est partisan de Bach ou disciple de Wagner, comme on serait ici orléaniste ou légitimiste, républicain conservateur ou socialiste. Je viens d'assister avec M. X... à un concert où l'on jouait l'ouverture du *Tannhauser*. « A la bonne heure, me dit-il, voilà un homme. » Et il part de là pour me faire l'éloge de la vie privée du maître et me conter l'histoire vraiment biblique de son divorce. Voyant que les musiciens s'apprêtent à commencer un autre morceau, il me propose de quitter la salle, sous prétexte qu'*il n'y a plus rien à entendre*. Il s'exprime de ce ton impérieux et dogmatique que les Allemands prennent pour faire passer leurs convictions dans l'esprit d'autrui. Une fois dehors, il reprend le fil interrompu de son histoire sur Wagner. Cette histoire est connue; le grand homme, croyant pouvoir user du privilège qui autorise les grands hommes de tout pays et de tout âge à commettre des actions excentriques, n'a pas hésité, malgré ses soixante ans accomplis, à répudier sa vieille compagne pour épouser la femme beaucoup plus jolie et beaucoup plus jeune d'un sien ami. L'ami, artiste de talent, disciple fervent de Wagner qui lui confie l'exécution de ses œuvres, d'ailleurs gentilhomme de vieille souche, et par conséquent sensible aux distinctions flatteuses, s'est non seulement empressé de céder de bonne grâce l'objet des désirs du maître, mais a poussé le dévouement jusqu'à rester l'ami intime du nouveau couple. Ce dernier trait surtout arrache des larmes d'attendrissement à mon interlocuteur. « Voyez, dit-il, jusqu'où peut aller l'estime pour un grand caractère. L'ami, non content de céder sa femme au maître, lui cède également les enfants nés pendant son union avec elle. Wagner, dit-il, mérite mieux que moi le bonheur de leur servir de père. »

Il continue longtemps encore sur ce ton, m'assurant que ces nobles cœurs se valent, et profite de l'occasion pour entamer un cours d'esthétique tendant à me prouver que « la musique ne sera la musique que lorsqu'elle ne sera plus la musique ».

La conclusion logique de ce galimatias est naturellement que « Wagner n'est Wagner » que parce qu'il a compris les grandes vérités dont mon interlocuteur vient de se faire l'interprète. Je me tais, trouvant, d'ailleurs, Wagner bien habile, mais préférant en revenir à nos concerts populaires parisiens, où chacun a le droit d'applaudir ce qui lui plaît et d'écouter ce qu'il aime. On y rencontre bien, çà et là, des amateurs qui battent la mesure à contre-temps, d'autres qui bavardent lorsqu'il faudrait écouter. Les jeunes filles paraissent s'intéresser plus à la tournure qu'au talent du soliste; d'autres auditeurs semblent trop absorbés par la lecture de leur programme ou par le chapeau de leur voisine. Mais ce public, en somme, a une physionomie intelligente et attentive. Avant tout, il a de la bonhomie et du naturel. Il ne se pique pas, comme l'amateur allemand, d'érudition en matière musicale; il ne cherche point

« la petite bête » en fait de croches et de doubles
croches. Grâce à sa souplesse d'esprit, il goûte
Beethoven, mais il goûte aussi Rossini. « Voici
qui a bien son mérite, » disait l'un de mes
amateurs du concert populaire, comme l'orchestre venait d'enlever l'ouverture de *Semi-
ramide* avec un *brio* admirable.

Jolie remarque, bien juste, et même fine,
sans en avoir l'air. Sentiment, éloge, critique,
elle renferme tout ce qu'on peut attendre d'un
homme de goût qui vient entendre de la musique pour son plaisir.

L'amateur sérieux, fût-il de bonne foi, n'ad-
met pas que l'on fasse de la musique « pour son
plaisir ». En écrivant ceci, je songe au salon de
madame de L..., où l'exercice de cet art prend
les proportions d'un sacerdoce. Le salon, ou
plutôt la salle où l'on se réunit pour faire de la
musique ressemble à une chapelle. Point de tableaux profanes, nulle trace de ces colifichets
gracieux et de ces jolies inutilités qui révèlent
les élégances de la vie moderne. Des sièges à

dossiers droits, de vieilles tapisseries qui représentent des scènes bibliques, d'anciens panneaux de chêne sculpté d'un beau travail, quelques toiles signées par Holbein et d'autres maîtres du même pays et de la même école. La
douce physionomie calme et l'attitude un peu
raide de la maîtresse de la maison semblent
copiées sur celle des jeunes matrones habillées
de longues robes grises ou brunes, qui figurent
sur les tableaux de ces maîtres. Depuis la mort
de son mari, elle a cessé d'aller dans le monde;
néanmoins elle reçoit deux fois par semaine
quelques amateurs sérieux ou bien encore quelques artistes privilégiés, honnêtes gens con-
vaincus, comme elle, qu'il est difficile de bien
vivre sans se retremper dans le culte de la
bonne musique. J'ai assisté dernièrement à
l'une de ces réunions tout intimes où chacun
apporte sa part de talent, petite ou grande, sans
se préoccuper de l'effet qu'elle pourra produire.
Point de toilette ni d'apprêt quelconque. La
plupart des femmes qui viennent là sont des

protestantes ferventes et des idéalistes incor-
ruptibles dont l'esprit, nourri dans les doctrines
austères de la Réforme, rejette toute pensée de
coquetterie comme immorale et dangereuse.
Nos propos de boudoir, nos petites railleries
inoffensives passeraient inaperçus dans ce salon,
où l'on ne songe même point à remarquer les
ridicules. Le respect même de l'art rend indulgent pour ceux qui partagent ce respect, et personne ne songe à se moquer d'un jeune
homme, meilleur musicien que bon exécutant,
qui sème bravement des fausses notes à travers
un trio de Beethoven. Je me tourne involontairement vers mademoiselle de L..., une très
belle personne, dont la pose recueillie et attentive fait tableau dans ce milieu sévère, sur les
fonds sombres et sobres de ce grand salon décoré à l'antique. A la manière dont elle me regarde, je m'aperçois qu'elle a écouté la musique
sans entendre les fausses notes. L'expression
grave et profondément réfléchie de ses yeux
noirs, si beaux et pourtant si différents de ceux

des femmes de Rome ou de Naples, est mé-
langée d'une nuance de curiosité passagère. On
y lit le double désir de satisfaire aux lois de la
politesse et de connaître le motif qui a pu provoquer mon sourire. Puis, voyant que je me
tais, elle entame d'elle-même la conversation
pour me parler du jeune homme qui vient de
jouer, me disant, de sa voix bienveillante et
musicale, qu'il mène une vie très laborieuse et
n'en a, par conséquent, que plus de mérite à
consacrer ses moindres moments de loisir à son
art préféré. Tandis qu'elle parle, mes yeux se
portent sur un médaillon suspendu au mur.

— Vous voyez, dit-elle, les portraits de *nos
amis* M. et madame S... M. et madame S... sont
tout simplement deux artistes de grand talent
et fort célèbres, mais qui, ayant éprouvé des
revers de fortune, ont longtemps vécu des bienfaits de la famille de L...

Le trait mérite d'être noté.

Ce culte de la musique qui rejaillit sur celui
qui s'en fait l'interprète est touchant et respec-

table. Le musicien y gagne ; il ne se contente
plus, comme jadis, d'être estimé pour son talent :
il veut être estimé pour son caractère, honoré
pour son savoir; il faut que l'homme qui con-
sacre toutes ses forces à l'accomplissement d'un
but respectable soit presque toujours l'égal et
quelquefois le supérieur de ceux qui l'applau-
dissent.

FRAGMENTS

I

... Le temps est clair; le pavé sec, je veux
sortir et voir une pièce de théâtre gratis. Laquelle? Irai-je aux Champs-Élysées ou au bois,
du côté du Cercle des patineurs pour aller contempler les célébrités du patin et autres qui se
pavanent en vêtements garnis de renard bleu,
en fourreaux de velours et de satin? Il y a là
une pièce à grand spectacle et comme on n'en
voit qu'à Paris. Malheureusement, je sais tout
cela par cœur, et je trouve que l'on patine mieux
à l'Opéra qu'au bois de Boulogne. Allons chercher la comédie en plein vent, la comédie intime, involontaire, qui a pour acteurs des ombres chinoises et pour décor la place publique.

Un beau décor! Paris dans une brume rose, en parure de fête, et tel qu'on l'entrevoit aux jours où la lumière dore ses monuments, illumine son fleuve, l'inonde de topazes et de rubis.

Mais les acteurs ne valent point le décor. Me voici dans la cour du Louvre; une vapeur dorée et pourtant pâle flotte entre les grands murs chargés de colonnes et de statues; des pans d'ombre tranchés descendent sur le sable silencieux; personne, sauf deux ou trois couples; au coin de l'horloge, qui sonne deux heures, dans un carré de soleil, les amoureux se sont donné rendez-vous. Comme les couples sont différents, et comme on devine, à leurs attitudes, les trois actes de l'éternelle comédie! Une vieille, en paletot râpé, un vieux comédien hors de service, les regardent de leurs yeux usés par le fard; le comédien fait un geste triste, et son nez pointu, ses lèvres minces, son pâle visage flétri annoncent qu'il philosophe ironiquement sur eux et aussi sur lui-même : l'horloge sonne aussi pour lui, et le cadran lui dit :

« Quoi ! encore toi, pauvre ténor démodé, vieux jeune premier que je croyais à jamais muet. Un cœur, toi, vieille guenille ? Et que veux-tu de ce monde nouveau ? Rappeler tes services passés, obtenir une représentation à bénéfice, nous forcer une dernière fois à écouter ton grand air, le fameux morceau à effet qui jadis t'a valu tes triomphes. » Le vieux comédien tire son mouchoir, essuie ses besicles, hausse les épaules d'un air résigné et narquois , comme pour renoncer à lui-même, et ses yeux se tournent vers les couples plus jeunes qui viennent jouer la vieille pièce pour son plaisir :

Il demeure en extase, il soupire : « Merci, » cher machiniste soleil ; tu as bien fait les » choses. Aujourd'hui, tu savais que je vien- » drais. L'heure de la répétition a sonné, la » pièce va commencer. Justement voici venir » les débutants, timides comme tout débutant, » l'un à droite, l'autre à gauche, émus et pa- » raissant chercher ce qu'ils vont se dire. Ils ne » trouvent pas, très bien, ils trouveront tout à

19

» l'heure... Bien joué, mes petits amis. La
» seconde scène demande déjà plus d'attention ;
» il faut de l'assurance, l'habitude des plan-
» ches, si j'ose employer ce mot. Attention !
» voici le second couple qui sort de la coulisse,
» elle, le front encore rougissant et baissé ; lui,
» d'un air pénétré, tire sa montre et dit d'une
» voix tremblante : « Comme vous venez tard !
» j'étais en avance d'un quart d'heure. » En-
» core un acte, le dernier cette fois, et le plus
» difficile à jouer, si l'on en juge par le nom-
» bre des acteurs qui y font *fiasco* et y perdent
» bonheur et honneur. A première vue, pour-
» tant, la chose est si simple. Voyez plutôt : en
» voilà deux qui s'avancent et vont s'aborder.
» Sur la lèvre, quels sourires ! Ils ont l'air de
» se rappeler un couplet de la *Belle Hélène*. Le
» regard, néanmoins, demeure froid, et l'on
» dirait qu'ils s'observent. « Qu'y a-t-il ? dit
» l'amoureux, suis-je coupable ? est-ce que je ne
» vais pas bien ? Au fait, cela pourrait bien être ;
» ma montre retarde de dix minutes. Non, non.

» elle va bien. C'est vous qui allez mal, voyez
» plutôt l'horloge. La prochaine fois, ma chère,
» il faudra régler votre montre sur la mienne,
» sans cela nous ne pourrons plus jamais nous
» accorder. »

II

J'ai quelquefois affaire auprès d'une vieille propriété inhabitée.

Le château, qui a fort grand air, apparaît au bout d'une antique avenue; il ressemble à une demeure royale; par ses proportions un peu lourdes, par la large et majestueuse façade qui borde la terrasse déserte et domine une pelouse où s'agitent de vieux ombrages, il révèle l'œuvre de quelque Mansart inférieur et annonce les solennelles files d'appartements où jadis se complaisait l'étiquette. Le paysage grandiose et simple qui se déploie devant ces splendeurs surannées a les grands horizons, les vastes espaces qu'affectionnait le Poussin.

C'est un double rempart de hauteurs s'entr'ou-
vrant devant la grande campagne calme, ce sont
les immenses et profonds lointains où sur des
fonds doucement éclairés et transparents on-
dule une ligne de monticules bleuâtres. Quant
au parc, il est sombre, avec de nobles allées et
des ombrages antiques où le silence habite.
Sauf le roucoulement ironiquement tendre des
ramiers et le battement d'ailes des oiseaux qui,
logés au faîte des arbres, voltigent de branche
en branche et agitent le feuillage, sauf le bour-
donnement saccadé des mouches à miel, ou le
grondement lointain et morose d'un vieux
chien, aucun bruit n'y pénètre, personne ne
vient vous surprendre. Le parc, comme le château, reste désert, et c'est pour les abeilles
seules qu'au printemps comme en automne
s'ouvrent les roses et fleurit le jasmin.

Une fois par semaine, pourtant, la lumière
plonge parmi les ternes profondeurs des
grandes salles; des boiseries sculptées, des
vestiges de dorure étincellent derrière les pe-

tits carreaux verdâtres ; de jaunes rayons courent à travers un dédale de choses vieillies et
magnifiques, éclairent un pêle-mêle de tapisseries et de chinoiseries, des potiches, de fantastiques oiseaux , de lourdes perruches en
vieux Céladon, et de raides figures de manda-
rins munis d'éventails. Il y a aussi de hautes
glaces où se réfléchissent des scènes d'idylle,
et des sièges en forme de médaillon où les lauriers entrelacés aux rubans encadrent des sujets tirés des fables de La Fontaine ou des
gerbes de roses.

Mais il y a surtout une chambre qu'il faut
voir, la « chambre de la mariée », celle où
naguère couchait monseigneur l'évêque, quand
il daignait accepter l'hospitalité au château. Les
meubles en marqueterie exhalent je ne sais
quel vague mélange de senteurs fines et passées de mode; le large couvrepied d'un bleu
pâle s'étale mystérieusement et mollement
entre les lourds rideaux de moire blanche où
.courent des broderies d'argent, au-dessous du

dais enguirlandé, empanaché d'une vaste al-
côve au fond de laquelle une peinture allégo-
rique représente l'Amour sacrifiant des co-
lombes sur l'autel de l'Hymen. Mais le principal ornement de la chambre est un portrait
de famille, un groupe représentant une dame,
son mari et son chien. Le mari, gros homme
bouffi, qui ressemble au carlin et se tient modestement dans l'ombre, présente sa tabatière
ouverte; et la dame, sans regarder le mari, y
plonge délicatement l'index et le pouce. Sa
figure, à elle, est bien jolie, dédaigneuse et capricieuse tout ensemble, avec un air de curiosité ennuyée qui attire et qui fascine. On dirait
un enfant gâté qui désire la lune, quelque sultane favorite qui, le plumet au front et la perle
au sein, passe en revue ses esclaves et se demande s'ils auront le talent de l'amuser, ou
simplement une jolie femme qui boude en rêvant aux moyens de satisfaire une fantaisie coû-
teuse, ou bien encore une jeune mariée qui, le
lendemain du jour de ses noces, ayant vu

passer certaine marquise, suivie d'un affreux petit monstre à crinière crépue, son négrillon Zamore, n'en dort plus et ne cesse de tourmenter son mari afin qu'il lui en donne un pareil pour porter son parasol à la promenade · et lui monter son chocolat le matin.

III.

Il m'appelait son « cher enfant » ; il me grondait et me faisait pleurer comme tout homme qui vous appelle : « Mon cher enfant. » Depuis, j'ai remarqué que ceux-là sont les seuls dont on apprend quelque chose. Non seulement il m'enseigna la musique ; mais mes premières connaissances, concernant les choses de la vie, me viennent de lui. Entre autres choses, il m'apprit le sens du mot respect, sentiment qui jusque-là m'était inconnu. Car je n'appelle point respect ce mouvement de timidité qui pousse tout enfant à fuir devant un visage grave, à se dérober à l'examen d'un œil scrutateur et sévère. J'ignore si c'est en

19.

souvenir de lui ; mais, à cette heure encore,
je ne regarde jamais sans émotion une vieille
personne : il me semble alors que je vois une
douce lumière faible, une clarté pâlissante qui
m'invite à jouir de son dernier reflet.

Je n'avais pas dix ans, le jour où pour la
première fois on m'amena chez lui. Il en avait
au moins soixante-dix, et, malgré son air doux,
il me paraissait si imposant, que je n'osais lui
répondre. On me l'avait représenté comme un
musicien très célèbre, qui ne consentait que
par complaisance à m'enseigner la musique et
qui n'hésiterait pas à m'abandonner, si je ne
montrais beaucoup de zèle. Malgré cette me-
nace, j'eus peine, pendant les premières leçons,
à me montrer attentif. Il me paraissait très
beau, avec ses soixante-dix ans, et j'oubliais de
l'écouter pour regarder ses fins cheveux gris,
qui brillaient comme un duvet d'argent, ou la
forme régulière de son grand nez aquilin. Je
me surprenais aussi à contempler les dessins
de sa tabatière, posée sur le pupitre entre son

étui et sa montre, une grosse montre fort épaisse, munie d'un cadran en chiffres romains, avec des aiguilles d'or admirablement travaillées et comme on en voit aux vieilles horloges. J'avais encore d'autres absences, dues aux manœuvres perfides de deux roquets hargneux, nommés Enée et Didon, et d'un perroquet centenaire appelé Coco ; cette bête, aussi musicale que méchante, retenait tous les airs ; Enée, Didon et Coco travaillaient de concert à ma perte, et choisissaient le moment où j'atteignais mes traits de bravoure pour se glisser sous ma chaise et me mordre.

Ces distractions cessaient du moment où mon maître se mettait au piano. Je vois encore son sourire satisfait devant ma figure attentive et devant mes yeux qui suivent les mouvements assurés et tranquilles de ses belles mains. De légères rides n'avaient pu les gâter, et j'aimais à me les représenter au temps où des grandes dames souriantes allongeaient un cou de cygne pour les regarder errer sur les clavecins de Versailles. Il me rappelait souvent ce beau temps où il était jeune.

Au fond d'une charmille, à Trianon, je savais un pavillon rond qui autrefois avait servi de salon de concert. Malgré moi, j'y plaçais mon maître à dix-huit ans, je l'imaginais au piano en bel habit de velours grenat, avec les cheveux crépés et poudrés, et d'anciennes dentelles flottantes autour de ses mains. Il avait le visage animé et d'un regard ému suivait les gestes du grand chanteur Garat, qui, en présence de toute la cour et dans le plus profond silence, déclamait un récitatif d'*Armide* composé par le chevalier Gluck.

Les coutumes et les idées modernes, il faut le dire, n'allaient point à mon maître. Comme artiste et comme homme, il était demeuré le contemporain de la belle reine Marie-Antoinette. Quelles flammes dans ses yeux, quand on prononçait ce nom devant lui! Tout son visage resplendissait, on eût dit qu'il venait d'entrevoir une image de déesse.

Comme son jeu était noble ! Je ne l'ai jamais entendu sans songer à la lyre harmonieuse, à la cithare antique, dont les sons apaisaient jusqu'au grondement des tigres. Ceci me rappelle un soir d'été, dans le petit salon sur la plage, à l'heure où disparaissent les derniers promeneurs. Il vit le piano ouvert, s'y assit et nous joua des airs de Lulli. Anciens airs oubliés, ne vivant plus que dans cette mémoire de quatre-vingts ans. Quelles mélodies se perdirent ce soir-là dans les grèves et parmi les roulements lointains de la mer ! Les étoiles semblaient aux écoutes, et aussi le flot verdâtre comme ému par des tressaillements de plaisir.

« La fortune légère vous baise au front et s'enfuit, » a dit le poète Heine, qui avait connu ce baiser et cette fuite. Elle ne respecta pas davantage mon maître, dont les derniers jours se passèrent dans l'isolement et dans l'oubli. Les jeunes gens trouvaient sa musique vieillie, passée de mode, et l'appelaient perruque. Lui souriait de leurs tours de force, souvent plus

habiles qu'harmonieux ; il les appelait *épousse-*
leurs d'instruments. Sur sa fin, il devint pauvre,
il se vit obligé de vendre une douzaine de tableaux anciens auxquels il tenait beaucoup.
Cependant il ne se lassait pas de composer, et,
quand on allait le voir, il parlait en soupirant
des sommes d'argent qu'il avait gagnées *alors*
que les temps étaient autres. Une de ses distractions était de relire les anciens comptes
rendus de ses succès, de ses concerts, collection rangée suivant l'ordre des dates et qu'il
s'était plu à faire relier. Le reste du temps, on
le trouvait dans son petit jardin, arrosant des
fleurs ou bien lisant une traduction d'Horace,
le seul poète qu'il aimât.

Je dînais ordinairement avec lui le jour de sa
fête. Après le repas, nous avions coutume de
jouer quelque morceau à quatre mains, placé
d'avance sur le pupitre. Il n'y en avait pas ce
jour-là, parce qu'il se sentait le pouce un peu
raide. La nuit même, une attaque de paralysie
immobilisa ces pauvres charmants doigts, qui,

la veille encore, m'enchantaient. Lui parlait de refroidissement, de rhumatisme, accusait l'hiver.

Quelques jours après, il ne vivait plus.

IV

De loin, l'œil distingue une grande tache blanche d'aspect lugubre, quelque chose de flottant et de lâche qui fait songer à un linceul. Est-ce une descente de croix, une mise au tombeau? C'est un supplice, le supplice d'un homme qui. faute d'avoir su gagner son pain en débitant des choses sensées, a dû le gagner en faisant rire. La foule l'appelle Gilles et mesure ses applaudissements aux coups qu'il reçoit. Car il est passé maître dans l'art de faire des grimaces, et personne ne joue mieux le rôle de bouc émissaire. Il le joue même avec tant de naturel qu'il en est devenu poitrinaire. Ses paupières rouges.

ses joues creuses s'accordent avec sa pâleur burlesque. Du reste, il paraît résigné; un sourire moqueur erre sur ses lèvres minces, et son regard calme semble dire : « Ainsi va la vie, camarade. »

Je connais cette face blème; j'ai déjà vu ces yeux intelligents et d'une douceur presque féminine. Est-ce dans le monde, dans la solennelle mêlée des fous graves, ou bien as-tu ta place, pauvre hère, parmi les souvenirs déjà confus de mon jeune temps, et faut-il te chercher sur la liste poudreuse des noms échappés à ma mémoire?

Je baisse la tête, cherchant à me reconnaître dans ce labyrinthe déjà peuplé de tant d'ombres. Soudain, un chuchotement s'élève auprès de moi, et j'entends murmurer ces paroles : « Sans doute, tu me connais depuis longtemps. Rien de plus usé, de plus rebattu que mon histoire. Cela commence, comme à l'ordinaire, par une matinée de printemps; j'ai vingt ans, un bon estomac, et, si les alouettes ne me tombent pas

toutes rôties dans la bouche, j'improvise, en revanche, un poème sur chaque rayon de soleil.
Aujourd'hui, il y en a de quoi faire un volume.
Le vieux jardin du Luxembourg est en fête :
La lumière se joue à travers le jeune feuillage.
verse des ruisseaux d'or liquide sur les petites
lames vertes qui s'agitent dans les bassins de
marbre. Dans les plates-bandes, la nature, en
représentation de gala, marie les tons de la
giroflée à ceux de la jonquille, mêle le parfum des narcisses à celui des jacinthes. Les
arbustes semblent parés de bijoux d'ambre et
de corail; les lilas entr'ouverts secouent leurs
panaches bleuâtres sur la tête des petits Amours
qui se renversent comme grisés au bord des
vases. Au reste, l'ivresse est générale et gagne
jusqu'aux statues placées en vedette sur la
terrasse. Les reines semblent maudire leur pié-
destal; Velléda est dévorée du désir de changer
de place. Que ne puis-je offrir mon bras à la
jolie prêtresse et lui faire oublier son zouave
pontifical! Perdu dans l'aspect de la belle, je

me livre à toute sorte d'imaginations folles et néglige, comme à l'ordinaire, la leçon du professeur. Tandis que, le remords dans l'âme, je regarde piteusement mes livres, un sourire semble s'épanouir sur les lèvres de la tentatrice.

— « N'es-tu pas poète? » dit-elle.

— Sans doute, je suis poète, et ma voix est sonore. Je frémis de joie à l'aspect d'un beau paysage, je tressaille d'indignation au récit d'une action lâche. Je déborde en effusions lyriques aux pieds d'une belle femme, je vomis de sanglants sarcasmes à l'aspect d'un visage hypocrite. De plus je suis rêveur, paresseux, sensuel. Enfin j'ai des trésors de tendresse pour tout ce qu'il faut aimer et des provisions de dédain pour tout ce qu'il faut haïr...

» Seulement, je manque de méthode, je suis sujet à des distractions funestes, étourdi au point d'accepter de la fausse monnaie pour de la vraie, et de boire de l'absinthe pensant trem-

per mes lèvres dans du champagne : ce qui
m'expose à voir une femme dans une poupée,
et une couronne de lauriers dans mon couvre-
chef...

» Ivresse maudite! que de fois elle m'a pré-
cipité sur le pavé quand je me croyais bien
d'aplomb sur les balcons dorés de mes châteaux
en Espagne! Je m'endormais bercé par des re-
frains de séguedille, je me réveillais secoué
par le bras d'un créancier... Un jour même, la
chute a été si lourde que je n'ai pu me relever
seul. Les femmes ont eu pitié de moi, surtout
les vieilles. C'était à qui me ferait manger les
meilleurs morceaux, à qui panserait le mieux
mes blessures...

» Un peu plus, et je devenais femme moi-
même. Je ne suis devenu qu'histrion. Par
exemple, j'ai conscience d'avoir bien rempli
mon rôle. Le talent veut être encouragé, et plus
je recevais de coups, mieux je jouais. Quelles
sublimes grimaces quand Arlequin me cassait
son bâton entre les reins! Mais tout s'use, en ce

monde. Aujourd'hui, je me sens brisé jusqu'à la moelle des os, mourant de fatigue. Heureusement que la parade est finie et que la toile va tomber. Camarade, bonsoir! »

FIN

TABLE

NOTES SUR L'ALLEMAGNE

FRAGMENTS

Coulommiers. — Imp. Paul BRODARD.

I   — Imprimerie de m. Roux, 3, rue Asher

www.ingramcontent.com/pod-product-compliance
Lightning Source LLC
Chambersburg PA
CBHW060935030726
47503CB00003B/605